amazon

ऐमज़ॉन ऑनलाइन मार्केटिंग का बादशाह

जैफ़ बेज़ोस

की अद्‌भुत देन

हिन्द पॉकेट बुक्स
द्वारा प्रकाशित अन्य जीवनियाँ

- बिल गेट्स का चमत्कार : माइक्रोसॉफ्ट
- गूगल की अद्भुत कहानी
- फेसबुक : सोशल मीडिया का चमत्कार
- स्टीफ़न हॉकिंग – एक महान वैज्ञानिक
- स्टीव जॉब्स – एक महान कर्मयोगी
- ऐल्बर्ट आइंस्टाइन – एक विलक्षण साइंटिस्ट
- सर आइज़क न्यूटन – एक वैज्ञानिक संत
- गॉड पार्टिकल का रहस्य

amazon®

ऐमज़ॉन

ऑनलाइन मार्केटिंग का बादशाह

जैफ़ बेज़ोस की अद्‌भुत देन

विपुल विनोद • राजवीर सिंह

हिन्द पॉकेट बुक्स

हिन्द पॉकेट बुक्स
भारत की सर्वप्रथम पॉकेट बुक्स

उत्कृष्ट साहित्य का प्रतीक
सुन्दर • सुरुचिपूर्ण • सरल

ऐमज़ॉन : ऑनलाइन मार्केटिंग का बादशाह
जैफ़ बेज़ोस की अद्‌भुत देन (जीवनी)

प्रथम संस्करण : 2014
प्रकाशक : हिन्द पॉकेट बुक्स प्राइवेट लिमिटेड
जे-40, जोरबाग लेन, नई दिल्ली-110003
टाइपसेटिंग : स्कैनसेट, नई दिल्ली-110003
मुद्रक : अमर उजाला, नोएडा (यू.पी.)

AMAZON : ONLINE MARKETING KA BADSHAH
JEFF BEZOS KI ADBHOOT DEN (Biography)
By Vipul Vinod & Rajveer Singh

ISBN 978-81-216-1985-1
14/14/10/01/10/SCANSET/DE/AU/AU/NP125/NP125

क्रम

ऐमज़ॉन का मिशन

Work hard, have fun and make history.

Get. Big. Fast

सबको सब-कुछ बेचो

ऐमज़ॉन का विज़न

''एक ऐसी ग्राहक-उन्मुख कम्पनी, जहाँ पर ग्राहक आए, खोजे और पाये, जो वह ऑनलाइन खरीदना चाहता है।''

अपनी बात

कहते हैं, स्टीव जॉब्स ने ऐसे उत्पाद बनाए कि लोगों की जिन्दगी बदल गई। उन्होंने लोगों के हाथ में वह दे दिया जिसकी लोगों ने कल्पना भी नहीं की थी। बिल गेट्स ने घर-घर और हर मेज पर कम्प्यूटर पहुँचा दिया। लैरी पेज और सेर्गेई ब्रिन ने एक क्लिक में दुनिया के किसी कोने से कुछ भी खोज कर पलक झपकते ही आपके सामने लाने की ताकत आपके हाथों में दे दी और मार्क जुकेरबर्ग ने तो फेसबुक के माध्यम से सबको एक जगह पर इकट्ठा कर दिया। लेकिन ऐमज़ॉन.कॉम के जनक जैफ़ बेज़ोस तो इन सबसे चार कदम आगे निकल गए और लोगों की खरीददारी का तरीका ही बदल दिया। आप कुछ भी मांगें, ऑनलाइन आदेश कीजिए, सामान आपके सामने और मनचाही जगह पर होगा, वह भी बाजार से सस्ती दर पर।

हां, वही जैफ़ बेज़ोस जिनका जन्म एक नाबालिग मां की कोख से 12 जनवरी 1964 को अमेरिका के अलबुकर्क में हुआ था और 18 माह की उम्र में ही उनके जैविक पिता उन्हें बेसहारा छोड़कर चले गए थे। उन्होंने अपने दम पर सौतेले पिता की छत्रछाया में पढ़ाई की, अपने नाना के रैन्च में रहकर टेक्नोलॉजी सीखी, कम्प्यूटर साइंस में डिग्री हासिल की, नौकरी की और उस समय के आकर्षक वेतन और आकर्षक पद को छोड़कर ऑनलाइन बिजनेस में कूद पड़े। ऐमज़ॉन. कॉम नाम की कम्पनी बनाई और पहली बार ऑनलाइन किताबों की बिक्री शुरू की। और आज आम जीवन की कोई ऐसी वस्तु या सेवा नहीं है जो ऐमज़ॉन न बेचता हो। आज अमेरिका की ही नहीं

वरन पूरे विश्व की ऐमज़ॉन ऑनलाइन की सबसे बड़ी रिटेलर कम्पनी बन गई है। आज जैफ़ बेज़ोस को किंग ऑफ़ ऐमज़ॉन, ब्यूटीफुल ड्रीमर, दुनिया के अग्रणी डॉट कॉम एन्टरप्रिन्योर, ई-कॉमर्स के जनक, ई-कॉमर्स के पोस्टर ब्वाय और ऐमज़ॉन के चियर लीडर के नाम से जाना जाता है। उन्होंने ऐमज़ॉन को गैराज से शुरू करके बिग पावर हाउस बना दिया। आज बेज़ोस अपनी ठहाकेदार हंसी, सादे रहन-सहन, कठोर मेहनत और अथक यात्री के रूप में सबसे अधिक जाने जाते हैं। उनकी मेहनत और आत्मविश्वास देखिए कि एक मिलियन डॉलर की पूंजी से ऑनलाइन किताबों की बिक्री की शुरुआत करके, वह भी यार दोस्तों और परिवार के सदस्यों से उधार लेकर, 5 वर्ष में ही मल्टीबिलियन का साम्राज्य खड़ा कर दिया। और उनकी कम्पनी दुनिया की सबसे बड़ी ऑनलाइन रिटेलर कम्पनी बन गई। व्यवसाय के उनके अपने सिद्धान्त हैं। वे प्रतिद्वन्दी को नहीं वरन् ग्राहक को देखते हैं और ग्राहक को खुश रखने के लिए किसी भी स्तर तक जाने को तैयार रहते हैं। आज उनका भरा पूरा परिवार है और वे पूरी दुनिया को अपना परिवार मानते हैं। ऐमज़ॉन का सामान बेचने का अपना तरीका है जिसे अभी तक कोई भेद नहीं पाया।

जैफ़ बेज़ोस जैसे सफल और जिद्दी एन्टरप्रिन्योर और उनकी करामाती कम्पनी ऐमज़ॉन.कॉम की कहानी आपकी सुविधा के लिए हिन्दी में और साधारण बोलचाल की भाषा में प्रस्तुत की गई है। कठिन और तकनीकी शब्दों को अंग्रेजी भाषा में लिखा गया है। व्याकरण की त्रुटियाँ हो सकती हैं, जिसके लिए हम क्षमाप्रार्थी हैं। हम चाहते हैं कि हम सब लोग जैफ़ बेज़ोस से प्रेरणा लें। आशा है यह अद्भुत व्यक्ति की, अद्भुत कम्पनी की, अद्भुत कहानी आपको पसन्द आएगी।

राजवीर सिंह

विपुल विनोद

1

ऐमज़ॉन.कॉम के शिल्पी – जैफ़ बेज़ोस

जन्म

अलबुकर्क सिएटल वाशिंगटन में 12 जनवरी 1964 को एक बच्चे का जन्म होता है। जन्म देने वाली माता का नाम जैकलिन गिसे जोरगेनसन और जैविक पिता का नाम टेड जोरगेनसन था। बच्चा स्वस्थ और सुन्दर था। बच्चे का नाम रखा गया जेफरी प्रेस्टन जोरगेनसन। बच्चे के जन्म के समय मां की उम्र मात्र 17 वर्ष थी और उसके पिता की उम्र 18 वर्ष थी। उस समय दोनों हाई स्कूल के छात्र थे। यद्यपि बच्चे के जन्म से पूर्व ही जैकलिन और टेड ने शादी कर ली थी, इसी लिए जैकलिन अपने नाम के साथ टेड का उपनाम जोरगेनसन लिखती थीं और जैफरी के नाम के साथ भी अन्त में जोरगेनसन शब्द लिखा गया। जेफरी के जन्म के समय टेड जोरगेनसन के

पास कोई स्थाई नौकरी नहीं थी। यदा-कदा वे सर्कस में एक पहिए वाली साइकिल चलाने का करतब दिखाया करते थे। टेड मदिरा के भी शौकीन थे। रात में घर भी विलम्ब से आते थे पारिवारिक जीवन सुखमय नहीं था। अतः जैकलिन और टेड में अनबन रहने लगी। धीरे-धीरे जब जैफरी 18 माह के हुए तब उनके माता-पिता जैकलिन एवं टेड में तलाक हो गया और टेड उन दोनों को बेसहारा छोड़कर चले गए। इस प्रकार जैफरी के जैविक पिता उसके जीवन के लिए महत्वहीन हो गए।

परिवार

जैफरी जोरगेनसन अपनी मां जैकलिन के पास ही रहे। जैकलिन कुछ दिन के लिए अपने पिता के पास रहीं लेकिन बाद में उन्होंने अलबुकर्क के कम्प्युनिटी स्कूल से अपनी हाई स्कूल की परीक्षा पास करके जीवन यापन के लिए न्यू मैक्सिको के एक बैंक में बुक कीपर की नौकरी कर ली। इसी बैंक में काम करते हुए जैकलिन की मुलाकात माइक नामक एक क्यूबा निवासी शरणार्थी से हुई जो जेफरी के सौतेले पिता बने। इस बार जैकी का प्यार सच्चा सिद्ध हुआ। जैकी के लिए क्यूबा में कास्त्रो की सरकार का आना वरदान सिद्ध हुआ जिसके कारण उन्हें क्यूबा से निर्वासित उनका पति माइक मिल सका। जैफ़ के सौतेले पिता माइक क्यूबा के निवासी थे। उन दिनों 1959 में क्यूबा में हुई राजनीतिक उथल पुथल में वहां का वातावरण कष्टमय हो गया था। अतः वहां से वे भाग कर अमेरिका आ गए थे और उन पर क्यूबा के रिफ्यूजी होने का ठप्पा लग गया था। उन दिनों क्यूबा में जब फिडेल कास्त्रो की कम्युनिस्ट सरकार को सत्ता मिली तो अनेक क्यूबावासी भयभीत हो गए कि उनसे उनके बच्चों को छीन लिया जाएगा और उन्हें हानि पहुंचाई जाएगी। अतः अनेक क्यूबावासी अपने बच्चों की सलामती के लिए उन्हें अमेरिका भेजना चाहते थे। इस अवसर पर एक कैथोलिक पादरी आगे आए और उन्होंने अपने

जैफ़ बेज़ोस की मां जैकलिन गिसे जोरगेनसन एवं सौतेले पिता माइक बेज़ोस

प्लान का नाम Pedro Pan रखा, जिसके तहत वे क्यूबा से 6 से 17 वर्ष तक के हजारों बच्चों को निकाल कर अमेरिका ले आए। कहते हैं 1960 से 1962 के बीच क्यूबा के लगभग 14000 बच्चे शरणार्थी बन कर अमेरिका आ गए थे। माइक इन्ही में से एक थे। 1962 में उस समय माइक 15 वर्ष के थे। माइक के माता-पिता साथ नहीं आए थे। माइक को अंग्रेजी भी नहीं आती थी। उनके पास उतने ही वस्त्र थे जितने उनके शरीर पर थे। साथ में केवल एक अतिरिक्त कमीज थी। माइक को डेलावेर के मिशन हाउस में 15 अन्य क्यूबाई शरणार्थी बच्चों के साथ रखा गया। घर से दूर, परिवार से अलग रहकर जिन्दगी कितनी कष्टकर हो जाती है, इसे शरणार्थी बच्चों से

अधिक और कौन जान सकता है? फिर भी माइक ने इस ओर ज्यादा ध्यान नहीं दिया। माइक परिस्थितियों से समझौता करने वाले और अपने उद्‌देश्य को सफल बनाने वाले युवक सिद्ध हुए।

अमेरिका में आकर माइक ने अंग्रेज़ी सीखी और डेलावेर से अपनी हाईस्कूल की पढ़ाई पूरी की। फिर इंजीनियरिंग की पढ़ाई पूरी करने के लिए न्यू मैक्सिको के अलबुकर्क में आ गए। क्योंकि अलबुकर्क यूनीवर्सिटी उन दिनों क्यूबाई शरणर्थियों को पढ़ाई के लिए स्कॉलरशिप देती थी। कॉलेज के खर्चे पूरे करने के लिए माइक ने एक बैंक में रात्रिकालीन शिफ्ट में क्लर्क की नौकरी कर ली। यहीं पर माइक और जैकी जोरगेनसन की भेंट हुई। उस समय जैकी केवल 17 वर्ष की थीं। कुछ दिन की डेटिंग के बाद जैकी और माइक ने शादी कर ली। शादी के बाद माइक ने जैफ़ को गोद लेने की इच्छा व्यक्त की। इस प्रकार माइक जैफ़ के पालक पिता और संरक्षक बने। और जैफरी का नाम बदलकर जैफ़ बेज़ोस रखा गया, क्योंकि उनके सौतेले पिता का पूरा नाम माइक बेज़ोस था।

जैकलिन और माइक की शादी के समय जैफ़ बेज़ोस की उम्र चार वर्ष थी। जैफ़ को अपने जैविक पिता के सम्बन्ध में कोई जानकारी नहीं थी क्योंकि जब उनके पिता उसे छोड़कर चले गए थे तब वह मात्र 18 माह के थे। उन्हें इस सम्बन्ध में कुछ याद भी नहीं था। 10 वर्ष की उम्र के बाद उनकी मां जैकी ने बताया कि माइक तुम्हारे पालक पिता हैं और माइक ने तुम्हें गोद लिया है। मैं तुम्हारी जैविक माता हूॅ। लेकिन बेज़ोस पर इस बात का कोई असर नहीं हुआ। उन्होंने अपने जैविक पिता के सम्बन्ध में कोई खोज बीन नहीं की। उन्होंने माइक को ही अपना असली पिता माना। जैफ़ अपने पिता माइक से बहुत प्रभावित थे। उनका कहना था कि उन्हें अपने मेहनती पिता से प्रेरणा मिलती है और उन्होंने हमारे परिवार की अच्छी देखभाल की है। जैफ़ अपने पालक पिता के साथ बहुत अच्छी तरह से रहते थे। माइक भी जैफ़ को प्यार करते थे। कुछ

समय के बाद 1969 में जैकलिन ने एक पुत्री को जन्म दिया जिसका नाम क्रिस्टिना रखा गया इसके एक वर्ष बाद में एक पुत्र भी हुआ जिसका नाम मार्क रखा गया। इस प्रकार जैफ़ एक छोटी बहन और एक छोटे भाई के बड़े भाई हो गए। अब भी जैफ़ और उनके भाई बहन के आपसी रिश्ते बहुत अच्छे हैं। परिवार हँसी-खुशी से बिना किसी विवाद के एक साथ रहता रहा। जैफ़ के पिता माइक ने चूंकि इन्जीनियरिंग की डिग्री पाई थी, अतः उन्होंने एक पेट्रोलियम कम्पनी Exxon ज्वाइन कर ली।

बचपन

जैफ़ का बचपन बड़े ही खुशनुमा माहौल में बीता। यद्यपि उनकी मां ने माइक के साथ दूसरी शादी की थी लेकिन जैफ़ के बचपन पर इस शादी या सौतेले पिता के व्यवहार का कोई विपरीत प्रभाव नहीं पड़ा।

जैफ़ बेज़ोस का बचपन

जैफ़ बचपन से ही जिद्दी स्वभाव के रहे हैं। जब उनकी उम्र मात्र 3 वर्ष की थी और वे एक चारों ओर से घिरे हुए पालने में सोते थे तो उन्हें पालने में सोना अटपटा लगता था। वे अपने आप को पालने में सोने वाला बच्चा नहीं समझते थे और अपना अलग बिस्तर चाहते थे लेकिन उनकी मां ने

सुरक्षा की दृष्टि से उन्हें अलग बिस्तर पर सोने से मना कर दिया। क्योंकि वे सपाट बिस्तर से इतनी छोटी उम्र में नीचे गिर सकते थे और उन्हें चोट लग सकती थी। वैसे भी उनकी मां नौकरी करती थीं अतः हर समय वे जैफ़ के साथ नहीं रह सकती थीं। एक दिन जैफ़ की मां ने देखा कि जैफ़ एक स्क्रूड्राइवर (पेचकस) लेकर पालने के पेच खोलने में लगे हुए हैं। वे पालने के अगल-बगल लगी सुरक्षा दीवार को हटा कर पालने को बिस्तर में बदल देना चाहते थे। उनकी मां ने जैफ़ की जिद्द देखकर उन्हें अलग बिस्तर दे दिया।

जैफ़ का बचपन अपने ननिहाल में भी बीता और उन्होंने अपने नाना से बहुत कुछ सीखा। उनके नाना टैक्सास के कौटुला कस्बे में एक बहुत बड़े कैटिल फार्महाउस (पशुशाला) के मालिक थे। उनकी इस पशुशाला का नाम लेजी जी था। यह रैन्च 25000 एकड़ में फैला

जैफ़ बेज़ोस अपने नाना की पशुशाला लेजी जी में, जब वह मात्र 4 वर्ष के थे।

हुआ था। जैफ़ की मां जैकी के अनुसार इस पशुशाला की स्थापना उनके परदादा ने की थी। पूर्व में बेज़ोस के नाना लॉरेन्स प्रेस्टन गिसे ऐटोमिक इनर्जी कमीशन में रीजनल डायरेक्टर के पद पर कार्यरत रहे थे। जहां पर उन्हें 26000 कर्मचारियों से काम लेने की जिम्मेदारी सौंपी गई थी। वे रॉकेट विज्ञानी थे। बेज़ोस ने अपने नाना के रैन्च में उस समय से ही जाना शुरू कर दिया था जब वह मात्र चार वर्ष के थे और 15 वर्ष के होने तक लगातार गर्मियों की छुट्टियों में आते रहे। जैफ़ का यह एक तरह का दूसरा घर था।

लारेन्स गिसे मेहनती और चतुर व्यक्ति थे। उन्होंने अपने नाती को हाई टेक्नोलॉजी और रैन्च का ज्ञान एक साथ दिया। उनके रैन्च में ओक के पेड़, सफेद पूँछ वाले हिरन, जंगली सुन्दर पक्षी, फाख्ते, बटेर, जंगली सुअर, भेड़े और साथ में दुधारू पशु आदि सभी तरह के जानवर और पेड़-पौधे थे। जैफ़ रैन्च में रह कर पशुओं के टीकाकरण से लेकर, साफ सफाई तथा रैन्च के दिन प्रतिदिन के काम अपने नाना के साथ करते थे। वे अपने नाना के साथ टेक्निकल काम भी करते थे। नाना के सहयोग से उन्होंने रैन्च में रहकर एक ऑटोमेटिक गेट और पुराने बुलडोजर से उसका भारी इन्जन निकाल कर एक क्रेन भी बनायी थी और रैन्च में पवन चक्की स्थापित करने में भी अपने नाना की मदद की। बेज़ोस याद करते हैं कि उनका बचपन बहुत ही शानदार रहा। वे बताते हैं कि रैन्च में रहकर ग्रामीण जीवन से जो मैंने सीखा, वह था आत्मविश्वास। वहां पर लोग अपना सारा काम स्वयं करते हैं। वे याद करते हैं कि यदि उनसे कोई चीज टूट जाती थी तो उनके नाना उन्हें डाँटते नहीं थे वरन उसे दुबारा ठीक कराते थे। नई-नई चीजें बनाने के लिए प्रेरित करते थे। वे वास्तव में मेरे रोल मॉडल रहे। उनकी मां जैकलिन स्वयं कहती हैं कि कोई व्यक्ति धरती से जुड़ा रह कर ही आत्म निर्भरता सीख सकता है। जैफ़ रैन्च में रहकर ही सीख पाया कि कोई भी समस्या बिना समाधान के नहीं होती। यदि कोई समस्या है तो उसका समाधान भी होगा। समस्या

तभी तक समस्या रहती है जब तक कि उसे समस्या माना जाए, अन्यथा वह एक सुनहरा अवसर और प्रेरणा होती है।

शिक्षा

बेज़ोस का परिवार सबसे पहले अलबुकर्क से टेक्सास के हौस्टन पहुँचा, जहाँ उनके पिता नौकरी करते थे। यहां पर बेज़ोस को प्रारम्भिक शिक्षा के लिए एक किंडरगारटेन में भर्ती कराया गया। बेज़ोस यहां पर असाधारण बुद्धि वाले विद्यार्थी सिद्ध हुए। वे अपनी क्लास में सबसे आगे रहते थे। ऐसा लगता था जैसे बुद्धि उन्हें उपहार में मिली हो। अतः उनके माता-पिता ने एक मैग्नेट प्रोग्राम के तहत गिफ्टेड चिल्ड्रेन के रूप में हौस्टन के प्रसिद्ध रीवर ओक एलीमेन्ट्री स्कूल में उन्हें दाखिल कराया। इस स्कूल के लिए बेज़ोस को आने जाने में 40 कि.मी. की दूरी प्रतिदिन तय करनी पड़ती थी। वह स्कूल बस से सुबह 7 बजे स्कूल चले जाते थे। चूंकि बेज़ोस जन्म के समय से ही अपनी प्रतिभा दिखा रहे थे अतः जन्मजात बुद्धिमान होने के कारण उन्हें गिफ्टेड चिल्ड्रेन की श्रेणी में रखा गया था। यहां भी बेज़ोस ने अपनी बुद्धि का परिचय दिया। यहां पर बेज़ोस को कम्प्यूटर का ज्ञान हुआ। उन दिनों पर्सनल कम्प्यूटरों का चलन नहीं था। हौस्टन की एक कम्पनी ने स्कूल को अपना कम्प्यूटर टर्मिनल दिया जो कम्पनी के मेनफ्रेम से टेलीफोन के माध्यम से कनेक्ट होता था। सामान के साथ टर्मिनल को कनेक्ट करने की जानकारी देने के लिए एक मैन्युअल भी था। लेकिन स्कूल में किसी को यह जानकारी नहीं थी कि इसका उपयोग कैसे किया जाएगा? बेज़ोस ने मैनुअल को पढ़ा और मैनुअल से जानकारी लेकर टर्मिनल को माडेम के माध्यम से जोड़ दिया। उनके टीचर भी उनकी इस कुशलता से प्रभावित हुए बिना नहीं रहे। बेज़ोस ने अपने साथियों को भी कम्प्यूटर का उपयोग करना सिखाया ताकि स्कूल से छुट्‌टी के बाद स्टार टेक वीडियो गेम खेला जा सके।

बेज़ोस रीवर ओक में पढ़ ही रहे थे कि उनके पिता का तबादला

फ्लोरिडा के पेन्सकोला के लिए हो गया और बाद में 18 माह बाद फिर से मियामी के लिए हो गया। लेकिन बेज़ोस इन तबादलों से परेशान नहीं हुए क्योंकि वे अधिकांश समय के लिए कौटुला अपने नाना के पास चले जाते थे। नाना के यहां रहते हुए ही बेज़ोस की रुचि अन्तरिक्ष की ओर बढ़ी क्योंकि उनके नाना रॉकेट विज्ञानी थे और बेज़ोस को अन्तरिक्ष सम्बन्धी तरह-तरह की जानकारी देते रहते थे। यहीं पर रह कर बेज़ोस को अन्तरिक्ष टेक्नोलॉजी और जीवन में कठोर मेहनत करने की शिक्षा मिली।

पिता के तबादले के बाद बेज़ोस का दाखिला मियामी के पालमेटो सीनियर हाई स्कूल में कराया गया। यहां भी बेज़ोस पढ़ाई में बेहतर रहे। विज्ञान में उनकी रुचि पहले से ही थी। यहां पर फ्लोरिडा स्टेट साइंस फेयर में अपने निबन्ध "इफेक्ट ऑफ़ जीरो ग्रेविटी ऑन हाउसफ्लाईज" के लिए उन्होंने पुरस्कार जीता। पुरस्कार के रूप में उन्हें नासा मार्शल स्पेस फ्लाइट सेन्टर में जाने का मौका मिला। इस पुरस्कार से अन्तरिक्ष विज्ञान में उनकी रुचि और गहरी हो गई।

उनकी योग्यता को देखते हुए घर में भी उनके माता-पिता ने उन्हें साइंस किट दिलवा दिए थे, जिसके द्वारा वे अपने घर के गैराज में कई तरह के इलेक्ट्रिकल और इलेक्ट्रॉनिक सामानों की मरम्मत करते थे या नए सामान बनाते थे। उन्होंने पुराने सामानों के पुर्जे निकाल कर एक अलार्म घड़ी बना ली थी जो उनके बेडरूम में लगी थी। चूंकि उनके छोटे भाई-बहन खिलौनों के लालच में उनके बेडरूम में घुस आते थे। अतः स्वयं को सजग रखने के लिए उन्होंने यह अलार्म घड़ी बनायी थी। जैसे ही कोई अन्य व्यक्ति बेडरूम में प्रवेश करता था तो यह अलार्म बजने लगता था। इस प्रकार बेज़ोस ने बचपन से ही अपनी निजता को बनाए रखा। उन्होंने तरह-तरह के साइंस किट बनाए औ़र अपने घर के गैराज को लैबोरेटरी में बदल दिया। बाद में इसी तरह के गैराज में ऐमज़ॉन.कॉम नामक कम्पनी की स्थापना करके उन्होंने अपने एन्टरप्रिन्योर होने के सपने को पूरा किया।

जैफ़ पुस्तकें पढ़ने के शुरू से ही शौकीन रहे हैं। एक बार स्कूल में एक साल में सबसे ज्यादा पुस्तकें पढ़ने का कम्पीटीशन हुआ था। जैफ़ ने एक वर्ष में 30 किताबें पढ़ी, फिर भी वे यह कम्पीटीशन नहीं जीत पाए थे। क्योंकि उनके स्कूल में उनसे भी अधिक पढ़ाकू विद्यार्थी थे। थॉमस एडीसन एवं वाल्ट डिज़्नी को जैफ़ अपना आदर्श मानते हैं। उनका मानना है कि दोनों महापुरुष वास्तव में अपने समय के कल्पनातीत आविष्कारक और एन्टरप्रिन्योर थे।

जैफ़ जब छठी क्लास में थे, तभी एक जूली रे नाम की लेखिका अपनी पुस्तक के लिए गिफ्टेड चिल्ड्रेन पर एक शोध कर रही थीं। स्कूल के प्रिन्सिपल ने इसके लिए जैफ़ का चुनाव किया। जूली रे ने जैफ़ की स्कूली गतिविधियों का अध्ययन किया कि कैसे सुबह-सुबह जल्दी से बिस्तर छोड़ कर जैफ़ घर से निकल कर लगभग 20 कि. मी. की दूरी तय करके बस पकड़कर स्कूल पहुँचता है और स्कूल में गणित, साइंस, शारीरिक शिक्षा, विज्ञान, स्पेनिश और आर्ट की कक्षाएं अटेंड करता है। स्कूल में अपनी रुचि के प्रोजेक्ट और ग्रुप डिस्कशन के लिए भी समय निर्धारित रहता था। जिसमें जैफ़ भाग लेते थे। जैफ़ ने जूली को अपना एक प्रोजेक्ट भी दिखाया था जो एक अनन्त क्यूब की रचना थी। कहते हैं कि विद्यालय में छात्रों को जानकारी देने के लिए तरह-तरह की आश्चर्यजनक चीजें मंगाकर बारी-बारी से छात्रों को दी जाती थीं। इन्हीं में से एक चमकते शीशों से बना हुआ मोटराइज्ड क्यूब था जिसमें लगे शीशे इस प्रकार से आपस में जुड़े हुए थे कि उनका प्रकाश परावर्तन अनन्त जैसा लगता था। चमकता हुआ क्यूब जैफ़ को पसन्द आ गया। उन्होंने उसे अपने पास रखना चाहा। लेकिन उस समय उसकी कीमत 22 डॉलर थी, जो एक खिलौने के लिए उनकी मां के लिए अधिक थी। उनकी मां ने वह क्यूब खरीदने की इजाजत नहीं दी। अतः जैफ़ ने बाजार से आवश्यक सामान खरीद कर स्वयं क्यूब बना लिया।

जूली रे ने अपनी पुस्तक में जैफ़ को मित्रवत् लेकिन गम्भीर

विद्यार्थी की उपधि दी है लेकिन उनके अध्यापक जैफ़ को नेतृत्व के काबिल नहीं मानते थे। वे हमेशा एकान्त पसन्द करते थे। अपने आपसे सन्तुष्ट और आत्ममुग्ध रहने वाले थे। वे या तो अपने कमरे में होते थे या फिर स्थानीय लाइब्रेरी में मिलते थे। उनका दिमाग विज्ञान की कल्पनाओं में घूमता रहता था। उन्होंने अपनी इसी उम्र में विशेष कर कौटुला में रहते हुए वहां की लाइब्रेरी से जाने-माने लेखकों की विज्ञान कथाएं पढ़ डाली थीं। उनकी एकान्त प्रियता को लेकर उनके माता-पिता चिन्तित रहते थे। अतः अन्य बच्चों के साथ घुलने-मिलने के उद्देश्य से उनके माता-पिता ने उस समय की टैक्सास की यूथ लीग, जो फुटबॉल से सम्बन्धित थी, में उनका दाखिला करा दिया। यद्यपि जैफ़ कद काठी में फुटबॉल के लिए उपयुक्त नहीं थे उनका वजन भी कम था, उनमें नेचुरल लीडरशिप की भी कमी थी। लेकिन उन्होंने यहां भी बुद्धि का उपयोग करके खेल के सारे नियम, यहां तक कि टीम के 11 खिलाड़ियों के लिए क्या उचित रहेगा, इन सब बातों को भी सीख लिया। वे यहां भी असफल नहीं हुए। टीम के कोच ने जैफ़ को रक्षात्मक कप्तान का नाम दिया।

जैफ़ हमेशा दूसरों से अलग हटकर चले। ग्रेड स्कूल में जब उनके सहपाठी बाइक की सवारी करते थे या फील्ड में गेम्स खेलते थे, तब जैफ़ स्टारट्रेक सीरीज के कम्प्यूटर गेम्स खेलते थे। हाईस्कूल में उनके सहपाठी कोई पुलिसमैन, कोई पायलट बनना चाहता था तब जैफ़ अन्तरिक्ष की जानकारियाँ एकत्र करने में रुचि लेते थे। और भौतिकीविद् बनना चाहते थे। उनके साथी बड़ी बिल्डिंगें, होटल आदि बनाने की बातें करते थे। तब जैफ़ अन्तरिक्ष में स्टेशन और कॉलोनियाँ स्थापित करने की बात करते थे।

जब जैफ़ हाई स्कूल में थे तब एक बार उन्होंने समर जॉब के रूप में मैक्डोनाल्ड के रेस्टोरेंट में काम किया लेकिन उन्हें रेस्टोरेंट का काम पसन्द नहीं आया। अतः अगली गर्मियों में उन्होंने अपना स्वयं का काम करने का प्लान बनाया और पहला बिजनेस शुरू किया।

इसमें अपनी गर्लफ्रेंड उर्सुला बर्नर, को साझीदार बनाया। उर्सुला हाई स्कूल में जैफ़ से एक वर्ष सीनियर थीं और अपनी क्लास की वैलीडिक्टेरियन रहीं थी। वह भी तेज दिमाग की थीं। दोनों व्यवसाय करके अपना मालिक स्वयं बनने का इरादा रखते थे। व्यवसाय का नाम DREAM इंस्टीट्यूट रखा गया। यह एक शैक्षिक प्रोग्राम था जिसका अर्थ था Dirceted Reasoning Methods। इसमें साइंस और साहित्य पढ़ने की व्यवस्था की गई थी। Apple 2 कम्प्यूटर पर विज्ञापन दिया गया जिसमें दो सप्ताह का कैम्प, तीन घण्टे प्रतिदिन के लिए उचित फीस की व्यवस्था बताई गई थी। यह कैम्प पाँचवीं क्लास के बच्चों के लिए था। उन्होंने इस कैम्प में अन्तरिक्ष यात्रा, ब्लैक होल, इलेक्ट्रिक करेन्ट और टेलीविजन तथा विज्ञापन क्षेत्र के गूढ़ विषयों की जानकारी देना तय किया गया था। पहली बार 150 डॉलर प्रति छात्र फीस निर्धारित की गई। चूंकि इस कैम्प का विज्ञापन दिया गया था अतः जुलाई 1982 में मियामी हेराल्ड का एक संवाददाता इस कैम्प की जानकारी लेने जैफ़ के घर पहुँच गया। संवाददाता ने देखा कि जैफ़ के बेडरूम में 5 बच्चे उपस्थित थे। वे प्रतिदिन प्रातः 9 बजे इकठ्ठे होते थे। इस दिन वे गुलिवर की यात्राएँ, वाटरशिपडान तथा उस दिन के अखबार की तीन कटिंग का अध्ययन कर रहे थे। अखबार की कटिंग के लेख प्रदूषण, प्रेसीडेन्ट रीगन की विदेश नीति एवं न्यूक्लियर से सम्बन्धित थे। जैफ़ ने उस दिन एप्पिल-2 कम्प्यूटर के बारे में भी बच्चों को बताया। जैफ़ का कहना था कि उनका उद्देश्य पुरानी चीजों के बारे में नये तरीके से सोचना है। ग्रुप में शामिल बच्चों ने बताया कि वे यहां पर इन्ज्वाय कर रहे हैं। इस तरह की पढ़ाई उनके स्कूलों में नहीं होती। हम यहां तारों के बारे में, ब्लैक होल के बारे में पढ़ रहे हैं। हम यह जान रहे हैं कि एक चम्मच के आकार के न्यूट्रॉन स्टार का भार दस बिलियन टन तक हो सकता है। अन्य बच्चों ने भी रिपोर्टर को बताया कि जब जैफ़ उन्हें जानकारी देते हैं तो ऐसा लगता है कि हम अपने बड़े भाई से

बातें कर रहे हैं। उर्सुला ने भी बताया कि हम बच्चों में नई तरह की सोच विकसित करने की कोशिश कर रहे हैं। हम बच्चों को नया कुछ नहीं पढ़ाते केवल उन्हें किसी विषय पर नये तरीके से सोचने के लिए प्रेरित करते हैं।

हाईस्कूल की उपलब्धियाँ

जैफ़ बेज़ोस की हाई स्कूल की पढ़ाई के दौरान निम्नलिखित उपलब्धियाँ रही हैं –

- जूनियर एवं सीनियर वर्ग में बेस्ट साइन्स स्टूडेन्ट एवार्ड जीते।
- जूनियर एवं सीनियर वर्ग में बेस्ट मैथ स्टूडेन्ट एवार्ड जीते।
- दो अन्य सहपाठियों के साथ मियामी हेराल्ड सिलवर नाइट कम्पीटिशन में साइंस प्राइज जीते।
- NASA की मार्शल स्पेस फ्लाइट सेन्टर की ट्रिप जीते क्योंकि जैफ़ ने The effect of Zero Gravity on the Aging Rate of the common Housefly नाम का निबन्ध लिखा था।
- 680 विद्यार्थियों में से पहले स्थान पर रहे।

जैफ़ और उर्सुला का हाई स्कूल वाला प्यार आगे कॉलेज लाइफ तक नहीं चल सका क्योंकि उर्सुला को ड्यूक यूनीवर्सिटी से स्कॉलरशिप मिल गई थी और वह अपना कैरियर बनाने के लिए प्रिन्सटन चली गई थी।

उच्च शिक्षा

1982 में जैफ़ ने अपनी हाईस्कूल की परीक्षा पास कर ली। वे हाई स्कूल में वैलीडिक्टेरियन रहे। अब उच्च शिक्षा की तैयारी थी। जब बैचलर डिग्री के लिए कॉलेज का चुनाव करने की बारी आई तब जैफ़ ने प्रिन्सटन का चुनाव किया, क्योंकि जैफ़ की रुचि भौतिकशास्त्र में थी। वे आइंस्टाइन और स्टीफ़न हॉकिंग के समान बनना चाहते

थे, और प्रिंस्टन में उस समय भौतिक विज्ञान की फैक्ल्टी उच्च स्तर की थी। उन्होंने भौतिकी की पढ़ाई शुरू की, लेकिन बाद में उन्होंने महसूस किया कि वे सभी चीजों में बेहतर नहीं हैं। वे सबसे आगे रहना चाहते थे लेकिन क्लास में तीन छात्र और थे जो उनसे आगे थे। उन्होंने महसूस किया कि वे अच्छे भौतिक विज्ञानी नहीं बन सकते। उधर भौतिकी की क्वेन्टम मैकेनिक्स उनकी समझ में नहीं आ रही थी। अतः उन्होंने अपना इरादा बदल दिया और कम्प्यूटर साइंस की ओर रुख़ किया। एक दूसरी बात यह हुई कि जब उन्होंने हाई स्कूल में विदाई के अवसर पर भाषण दिया था तब उन्होंने कहा था कि वे प्रिन्सटन में इलेक्ट्रिकल इन्जीनियरिंग एवं बिजनेस एडमिनिस्ट्रेशन पढ़ना चाहेंगे। मियामी हेराल्ड ने अपने अखबार में इस भाषण को प्रकाशित भी किया था। अन्ततः जैफ़ ने इलेक्ट्रिकल इंजीनियरिंग और कम्प्यूटर साइंस में बैचलर डिग्री लेने का मन बना लिया। वास्तव में उन्हें कम्प्यूटर से प्यार था। जैफ़ कहते हैं कि वे हमेशा कम्प्यूटर से जुडे रहे हैं। कम्प्यूटर के सम्बन्ध में उनका कहना है कि यह एक असाधारण मशीन है जो आपकी इच्छा के अनुसार काम करती है। जैफ़ ने केवल कम्प्यूटर को सीखा ही नहीं वरन् यह भी खोज करते रहे कि इसके पीछे काम का गणित क्या है? जैफ़ के लिए कम्प्यूटर विज्ञान एक अच्छा विषय सिद्ध हुआ। उन्होंने अपनी थीसिस भी कम्प्यूटर सिस्टम पर ही तैयार की। वे कम्प्यूटर पर प्रोग्रामिंग में शुरू से ही बहुत रुचि रखते रहे हैं।

1984 के समर वैकेशन में जैफ़ अपने पिता के पास नार्वे चले गए और वहां पर अपने पिता के साथ इस्सोन कम्पनी में समर जॉब के रूप में प्रोग्रामर बन गए। यहीं पर जैफ़ ने IBM 4341 मेनफ्रेम कम्प्यूटर पर एक मॉडल विकसित किया जिसके द्वारा ऑयल रॉयल्टी की गणना की जा सकती थी। अगले समर जॉब के लिए जैफ़ ने सिलिकॉन वैली स्थित IBM के सान्ता टरेसा रिसर्च सेन्टर पर सम्पर्क किया और अपने रिज़्यूम में लिखा कि वे IBM कम्प्यूटर इंटरफेस

को दुबारा लिख सकते हैं। कम्पनी ने उनकी बात पर भरोसा करके इस काम के लिए उन्हें चार सप्ताह का समय दिया, लेकिन उन्होंने इस काम को अपनी लगन और मेहनत से तीन दिन में ही पूरा कर दिया।

प्रिन्सटन से उन्होंने अपनी बैचलर डिग्री पूरी कर ली। प्रिन्सटन में जैफ़ कभी चर्चित व्यक्ति नहीं रहे। महिलाएं उनकी ओर आकर्षित नहीं होती थी। लेकिन पढ़ाई के मामले में वे अव्वल रहे।

नौकरी

हर नवयुवक का सपना होता है कि पढ़ाई पूरी करने के बाद जीवन यापन के लिए कुछ करे। कुछ लोग नौकरी को प्राथमिकता देते हैं और कुछ लोग स्वयं का व्यवसाय करने का विकल्प अपनाते हैं। जैफ़ बेज़ोस नौकरी के बजाय दूसरे विकल्प में विश्वास रखते थे। बचपन से ही उनका रुझान उद्यमिता में रहा था, उनमें उद्यमी बनने के लिए आवश्यक गुण भी थे। वे अपना व्यवसाय शुरू भी करना चाहते थे, लेकिन अभी तक यह सुनिश्चित नहीं कर पाए थे कि कौन-सा व्यवसाय किया जाए। उनके पास पूंजी का भी अभाव था, और अभी विश्वविद्यालय से पढ़कर निकले थे। अतः किसी प्रकार का व्यवसायिक अनुभव भी नहीं था। अतः उन्होंने कुछ दिन नौकरी करके अनुभव प्राप्त करने का विचार बनाया। उन्होंने महसूस किया कि कुछ दिन प्रतीक्षा करके पता लगाना चाहिए कि दुनिया क्या चाहती है? और कैसे काम करती है? चूंकि उन्होंने प्रिन्सटन से सम्मानजनक डिग्री हासिल की थी, अतः इन्टेल, बेल सैब्स, एण्डरसन कन्सलटिंग जैसी कम्पनियाँ चाहती थीं कि जैफ़ उनके यहां काम करें। लेकिन जैफ़ चाहते थे कि कोई चेलेन्जिंग काम किया जाए। अन्त में उन्होंने एक नई, जोखिमपूर्ण और चेलेन्जिंग काम वाली फाइबर ऑप्टिकल कम्पनी फिटेल को ज्वॉइन कर लिया और मैनहट्टन आ गए। फिटेल के संस्थापक ग्रेसिला चिचिलनिस्की और ज्योफरी हील थे, जो कोलम्बिया

यूनीवर्सिटी में इकोनॉमिक्स विभाग के प्रोफेसर थे। यह 1987 की बात है। उन दिनों तक इंटरनेट इतना विख्यात नहीं हुआ था जितना आज यह हम सब की जिन्दगी में घुस चुका है। अतः फिटेल कम्पनी मिनी इंटरनेट का विकास करना चाहती थी। उस समय फिटेल में 15 कर्मचारी नियुक्त थे जिनमें जैफ़ बेज़ोस का ग्यारहवां नम्बर था। फिटेल ने जो सिस्टम बनाया उसका नाम इक्वीनेट रखा गया। फिटेल वॉल स्ट्रीट के निवेशकों को अपना आधार मानती थी अतः जैफ़ ने निवेश सम्बन्धी आंकड़े एकत्र करके एक डाटा बैंक बनाया जिसके आधार पर इक्वीनेट के माध्यम से निवेशक शेयर ट्रेडिंग में आंकडों का उपयोग कर सकें। जैफ़ ने कम्पनी में जमकर मेहनत की। अतः एक वर्ष की सेवा के बाद ही उन्हें कम्पनी में एसोसियेट डायरेक्टर बना दिया गया। 23 वर्ष की उम्र में जैफ़ कम्पनी के दर्जनों प्रोग्रामों को अपने बलबूते पर चलाने लगे। लेकिन फिटेल के संस्थापकों की कमी के कारण जैफ़ ने फिटेल को छोड़ दिया और बैंकर ट्रस्ट नाम की न्यूयॉर्क-स्थित एक दूसरी कम्पनी को ज्वाइन कर लिया। यहां पर जैफ़ को कम्प्यूटर और फाइनेन्स दोनों क्षेत्रों में काम करने का अवसर मिला। बैंकर ट्रस्ट को जैफ़ ने असिस्टेन्ट वाइस प्रेसीडेन्ट के रूप में ज्वाइन किया था और अपनी मेहनत के बल पर 10 माह की सेवा के बाद 26 वर्ष की उम्र में सबसे युवा वाइस प्रेसीडेन्ट बन गए। लेकिन पर्सनल कम्प्यूटर के उपयोग को लेकर ट्रस्ट प्रबन्धन और जैफ़ में विवाद हो गया और जैफ़ ने इस कम्पनी को भी छोड़ दिया।

1990 में जैफ़ ने एक वॉल स्ट्रीट इन्वेस्टमेन्ट फर्म डी.ई. शॉ एण्ड क. को ज्वाइन किया, जो कम्प्यूटर स्पेशलिस्ट निवेश फर्म थी। यहां पर जैफ़ ने फाइनैंशल ऐनॉलिस्ट के पद पर कार्य सम्भाला। इस कम्पनी को उसके कर्मचारी प्यार से डिस्को (DESCO) कहते थे। इस कम्पनी की स्थापना डेविड ई शॉ द्वारा 1988 में की गई थी जो स्वयं कोलम्बिया यूनीवर्सिटी के कम्प्यूटर साइंस के पूर्व प्रोफेसर थे और कम्प्यूटर साइंस में पी.एच.डी. थे। प्रोफेसर शॉ ने यह कम्पनी इस

उद्देश्य से बनायी थी ताकि वे कम्प्यूटर और टेक्नोलॉजी का उपयोग करके इसे वित्त क्षेत्र की बड़ी कम्पनी बनाया जा सके।

इस कम्पनी का काम जैफ़ का मनपसन्द काम था। अतः उन्होंने शॉ की इच्छानुसार इस निवेश कम्पनी में कम्प्यूटर सांइस के अपने तकनीकी ज्ञान का उपयोग किया और लाखों डॉलर का लाभ कमाया। डेविड शॉ जैफ़ के ज्ञान और चतुराई की बड़ाई करते और जैफ़ डेविड की अच्छाइयों का बखान करते। दोनों एक दूसरे के साथ घुल मिल गए थे। 2 वर्ष के भीतर ही जैफ़ डिस्को में सीनियर वाइस प्रेसीडेन्ट हो गए।

शादी

अब तक जैफ़ की उम्र 28 वर्ष हो चुकी थी। डिस्को में ही मैकेंज़ी नाम की युवती भी काम करती थी। मैकेंज़ी का ऑफिस जैफ़ के ऑफिस से अगले दरवाजे पर था। मैकेंज़ी का जन्म 1970 में हुआ था। वे सैनफ्रैन्सिको कैलीफोर्निया में बड़ी हुई। उनके पिता फाइनैंशल प्लानर और उनकी माता घरेलू महिला थीं, जिन्हें खाना पकाना और घर की साज-सज्जा पसन्द थी। मैकेंज़ी प्रिन्सटन यूनीवर्सिटी की प्रोडक्ट हैं। मैकेंज़ी की बचपन से ही लेखक बनने में रुचि थी। अतः वहां पर उन्होंने टोनी मोरीसन के निर्देशन में नावेल लिखने का काम सीखा था। टोनी मोरीसन ने मैकेंज़ी को अपनी क्लास की सबसे योग्य और अच्छी विद्यार्थी बताया था। बैचलर डिग्री के बाद उन्होंने डी.ई.शॉ को 1992 में ज्वाइन किया। चूंकि जैफ़ और मैकेंज़ी दोनों एक ही फर्म में काम करते थे और उस समय तक जैफ़ सीनियर वाइस प्रेसीडेन्ट हो चुके थे। लेकिन अभी तक जैफ़ ने किसी नवयुवती को प्रोपोज नहीं किया था। जैफ़ बहुत ही जोरदार ठहाके वाली हंसी हंसते थे। मैकेंज़ी अपने ऑफिस से ही जैफ़ की हंसी सुन लेती थीं। धीरे-धीरे दोनों एक दूसरे को चाहने लगे। 3 माह तक दोनों के बीच डेटिंग चलती रही और उसके 3 माह बाद दोनों ने एक सादे समारोह में शादी कर

जैफ़ बेज़ोस
अपनी पत्नी
मैकेंज़ी के साथ

ली। वर्तमान में मैकेंज़ी चार बच्चों (जिनमें चाइना से गोद ली गई एक पुत्री भी शामिल है) की मां हैं। उनके तीन पुत्र हैं। मैकेंज़ी के नॉवेल लिखने के शौक पर जैफ़ ने कोई प्रतिबन्ध नहीं लगाया वरन् मैकेंज़ी के मैन्युस्क्रिप्ट पढ़ कर उन्हें प्रोत्साहित करते रहते हैं। मैकेंज़ी स्वीकार करती हैं कि उनके पति जैफ़ बेज़ोस उनके सबसे अच्छे रीडर हैं। यद्यपि मैकेंज़ी को अपना पहला नॉवेल लिखने में 10 वर्ष का समय लगा, क्योंकि उन्होंने शादी के बाद परिवार बनाने और बच्चों के पालन-पोषण को प्राथमिकता दी।

जैफ़ बेज़ोस का मुख्य आवास वाशिंगटन लेक के पास मेदिना में माइक्रोसॉफ्ट के संस्थापक बिल गेट्स के पड़ोस में है। उनका मकान शानदार है और आधुनिक शैली का बना हुआ है। वहां पर बेज़ोस के 13000 वर्ग फुट एवं 29000 वर्ग फुट के दो आवास हैं। वाशिंगटन लेक के किनारे 4500 वर्ग फुट का एक पार्टी एवं बोट हाउस भी है। मेदिना के अलावा जैफ़ बेज़ोस के पास मैनहट्टन में 3 आपस में जुड़े हुए अपार्टमेन्ट भी हैं। इनके अलावा जैफ़ के पास अल्पाइन ड्राइव में 12000 वर्ग फुट में फैला हुआ एक और मकान है जिसमें स्वीमिंग पुल, टेनिस कोर्ट एवं अलग से एक गेस्ट हाउस है।

आवासीय सम्पत्ति के अलावा जैफ़ के पास 1800 शेवरले स्टेजर नाम की मोटरगाड़ी भी है जिसे जैफ़ स्वयं ड्राइव करते हैं। इस गाड़ी से जैफ़ न्यूयार्क से सिएटल तक की यात्रा कर चुके हैं।

जैविक पिता की कहानी

बिल क्लिन्टन के पिता उनके जन्म से पहले ही स्वर्गवासी हो चुके थे। बराक ओबामा अपने पिता की छत्रछाया में अधिक दिन तक नहीं रह सके। स्टीव जॉब्स अपने जीवन काल में अपने जैविक पिता से नहीं मिल सके। इसी प्रकार जैफ़ बेज़ोस के पिता भी 3 वर्ष की उम्र से ही उनके जीवन से अलग हो गए थे। इन सभी पिता विहीन व्यक्तियों ने अपने-अपने क्षेत्र में दुनिया में नाम कमाया है। आइए पढ़ते

हैं जैफ़ बेसोज के जैविक पिता की कहानी।

जैफ़ बेसोज के जैविक पिता का नाम टेड जोरगेनसन है। टेड जोरगेनसन का जन्म 1944 में शिकागो में एक ईसाई परिवार में हुआ था। जब टेड और उसका छोटा भाई एलीमेन्ट्री स्कूल में ही थे तभी उनके पिता नौकरी की तलाश में अलबुकर्क आ गए थे और सैंडिया बेस में परचेज एजेण्ट की नौकरी कर ली थी। उस समय सैंडिया बेस अमेरिका में अणु हथियारों की स्थापना का सबसे बड़ा केन्द्र था। टेड के पिता इसी बेस में खरीदे गए हथियारों की उठाया धरी का काम करते थे।

जैफ़ बेज़ोस के जैविक पिता
टेड जोरगेनसन

टेड के स्कूल में जैकलिन नाम की एक छात्रा भी पढ़ती थी। जैकलिन खूबसूरत थी। दोनों में दोस्ती हो गई। टेड जब हाईस्कूल में थे तभी से अपनी गर्लफ्रेंड जैकलिन गिसे के साथ डेट पर जाने लगे थे। जैकलिन के पिता भी उस समय सैन्डिया बेस में ही काम करते थे। जैकलिन उस समय टेड से दो वर्ष जूनियर थी। दोनों के पिता आपस में एक दूसरे से परिचित थे। क्योंकि दोनों एक ही संस्थान में काम करते थे। जैकलिन के पिता लारेन्स प्रेस्टन गिसे यू.एस. एटॉमिक इनर्जी कमीशन के

स्थानीय कार्यालय में काम करते थे और अणु हथियारों के रखरखाव तथा प्रबन्धन का काम देखते थे।

टेड जब 18 वर्ष के थे और अपनी हाईस्कूल की पढ़ाई पूरी कर रहे थे तभी जैकलिन और टेड के प्यार ने रंग दिखाया और जैकलिन गर्भवती हो गई। जैकलिन उस समय 16 वर्ष की थीं और नाबालिग थीं। अतः उन्हें चिन्ता हुई। फिर भी टेड और जैकलिन चूंकि आपस में एक दूसरे को बहुत प्यार करते थे अतः दोनों ने शादी करने का निर्णय ले लिया। जैकलिन के पिता ने शादी के खर्च के रूप में टेड को कुछ धन दिया। दोनों ने शादी कर ली, लेकिन यह शादी रजिस्टर्ड नहीं हो पा रही थी क्योंकि जैकलिन नाबालिग थीं। अतः दोनों की माताओं ने शादी के लाइसेन्स की एप्लीकेशन में हस्ताक्षर किए। इस प्रकार दोनों एक दूसरे से अधिकारिक शादी के बन्धन में बंध गए। समय आने पर 12 जनवरी 1964 को जैकलिन ने एक पुत्र को जन्म दिया जिसका नाम जेफरी प्रेस्टन जोरगेनसन रखा गया। पुत्र जन्म के बाद दोनो अलबुकर्क में एक किराए के अपार्टमेन्ट में रहने लगे। जैकलिन अपनी हाई स्कूल की शिक्षा पूरी करने लगीं। दिन के समय बच्चे की देखभाल उनकी माता मैटी करती थीं।

उन दिनों टेड जोरगेनसन सर्कस में काम करते थे और एक पहिए वाली साइकिल चलाने में सबसे अग्रणी माने जाते थे। लेकिन इस पेशे से उन्हें ज्यादा आमदनी नहीं होती थी। जीवन मुश्किल होता जा रहा था। उधर जोरगेनसन मदिरा का भी सेवन करने लगे थे और रात देर से घर आने लगे थे। वे एक बेहतर पति और बेहतर पिता की तरह व्यवहार नहीं कर पा रहे थे। जैकलिन के पिता ने इस समय टेड की सहायता करने की कोशिश की। उन्होंने टेड की यूनीवर्सिटी की फीस अदा की ताकि टेड बेहतर शिक्षा ले सकें लेकिन कुछ सत्रों के बाद टेड ने यूनीवर्सिटी छोड़ दी। ऐसे में जैकलिन के पिता ने न्यू मैक्सिको पुलिस में टेड को नौकरी दिलवायी, लेकिन टेड ने इसमें भी रुचि नहीं ली। ऐसे में जैकलिन अपने बच्चे के साथ अलबुकर्क से

अपने पिता के पास सैन्डिया आ गईं। जब स्थिति बदतर होने लगी तब जून 1965 में दोनो का तलाक हो गया। तलाकनामे के अनुसार न्यायालय ने टेड को 40 डॉलर प्रतिमाह बच्चे की परवरिश का खर्च अदा करने का निर्देश दिया। अगले कुछ महीनों तक टेड कभी-कभार अपने बच्चे को देखने आते रहे लेकिन भत्ते के रूप में देय धनराशि नहीं दे पाते थे। जीवनयापन के लिए जैकलिन ने न्यू मैक्सिको के बैंक में बुक कीपर की नौकरी कर ली।

नौकरी के दौरान ही जैकलिन की माइक नामक युवक से भेंट हुई। उस समय माइक और जैकलिन दोनों ही जवानी की दहलीज पर थे। दोनों सुन्दर और आकर्षक थे। माइक को जैकलिन और जैकलिन को माइक भाने लगे। माइक जानते थे कि जैकलिन एक बच्चे की मां हैं, फिर भी दोनों एक-दूसरे से प्यार करने लगे। माइक जैकलिन के घर भी आने-जाने लगे। जब टेड कभी-कभी अपने बच्चे को देखने के लिए जैकलिन के घर आते थे, तब वहां माइक भी उपस्थित मिलते थे। ऐसी दशा में दोनों एक-दूसरे को दरकिनार कर देते थे। जब जैकलिन और माइक की नजदीकियाँ बढ़ीं और दोनों ने शादी करने का निश्चय कर लिया। जब 1968 में एक दिन जैकलिन ने टेड को बताया कि वह माइक के साथ शादी कर रही है अतः वे बच्चे का गुजारा भत्ता बन्द कर सकते हैं। जैकलिन ने टेड से अपने पिता के सामने यह वादा भी लिया कि वे अब उनकी नई जिन्दगी में कोई हस्तक्षेप नहीं करेंगे। टेड ने वादा कर लिया। माइक और जेकलिन ने शादी कर ली। शादी के बाद जैकलिन अपने पुत्र जैफरी को अपने नये पति माइक बेज़ोस का उपनाम देना चाहती थीं, जिसके लिए माइक को जैफरी को गोद लेना आवश्यक था। उधर गोदनामे के लिए टेड की सहमति भी जरूरी थी। काफी सोच-विचार के बाद टेड ने सोचा कि उसका बच्चा जैकलिन और उसके नए पति माइक के साथ खुश रहेगा। अतः उन्होंने गोदनामे की अनुमति दे दी और जैकलिन तथा जैफरी के जीवन से दूर चले गए।

जैफ़ बेज़ोस का अपने जैविक पिता से सम्बन्ध 3 वर्ष की उम्र तक रहा लेकिन जैफ़ इस सम्बन्ध को याद नहीं रख सके। उन्होंने कभी इस बात की छानबीन भी नहीं की। उन्हें अपने जैविक पिता का एहसास उस समय हुआ जब एक मेडिकल रिपोर्ट के लिए उन्हें अपने परिवार का विवरण अंकित करना था। 10 वर्ष की उम्र में जाकर एक दिन उनकी माता जैकलिन ने जैफ़ को बताया कि माइक उसके जैविक पिता नहीं है। जैफ़ इस घटना से विचलित नहीं हुए और माइक को ही अपना नेचुरल पिता माना। बड़े होने के बाद यद्यपि जैफ़ ने अपने बचपन की कहानी को कभी छिपाया नहीं है।

जैफ़ की जिन्दगी से टेड जोरगेन्सन एक प्रकार से गायब हो गए। अभी हाल में ही जब एक लेखक जैफ़ बेज़ोस पर एक किताब लिख रहे थे तब उन्होंने जैफ़ के जैविक पिता को ढूंढ निकाला। वर्तमान में टेड जोरगेनसन लगभग 70 वर्ष के हैं और ग्लेन्डाले एरीजोना में एक बाइक शॉप चलाते हैं। उनकी शॉप का नाम रोडरनर बाइक सेन्टर है। जब लेखक ने जोरगेनसन को बताया कि उनका पुत्र दुनिया का सबसे अधिक धनवान और खुदरा व्यापार की सबसे बड़ी कम्पनी ऐमज़ॉन का सी.ई.ओ. है तो जोरगेनसन को विश्वास नहीं हुआ। उन्होंने कहा वे ऐसे किसी सी.ई.ओ. को नहीं जानते। लेखक ने उन्हें अपने मोबाइल पर जैफ़ बेज़ोस के कुछ फोटो भी दिखाए। टेड लगभग 45 वर्ष बाद अपने जैविक पुत्र की फोटो देख रहे थे, लेकिन उनका विश्वास जाग्रत नहीं हुआ। लेकिन जब उन्हें याद दिलाया गया कि जैकलिन नाम की उनकी पत्नी और जैफरी नाम का एक पुत्र था, उस समय जब वे स्वयं 18 वर्ष के थे, और दोनों में तलाक हो गया था; तब जोरगेनसन की आखों में चमक आ गई और वे आश्चर्य से बोले कि क्या वे अभी जिन्दा हैं?

जोरगेनसन याद करते हैं कि अपने जवानी के दिनों में एक अच्छे पति और अच्छे पिता सिद्ध नहीं हुए। जैकलिन का कोई दोष नहीं था। कमी मेरी तरफ से थी। जैकलिन के अलगाव के बाद उन्होंने

कई छोटी-मोटी नौकरियाँ की। शराब पीना भी छोड़ दिया और पैसे बचाकर बाइक की दुकान स्थापित की। अपनी 25 वर्ष की उम्र में टेड ने भी लिण्डा नाम की युवती से शादी की, लेकिन उनके कोई बच्चा नहीं हुआ। लिण्डा के पूर्व पति से हुए चार बच्चों को टेड ने अपना लिया और उनके सौतेले पिता बन गए। उन्होंने अपने नए परिवार को अपने पूर्व परिवार की कोई जानकारी नहीं दी। इस प्रकार टेड जोरगेनसन के एकमात्र जैविक पुत्र जैफ़ बेज़ोस ही हुए।

जैफ़ बेज़ोस के सम्बन्ध में जानकारी होने के बाद टेड जोरगेनसन ने कहा कि वे अपने जैविक पुत्र को देखना चाहते हैं। उन्होंने कहा कि मैं अपने पुत्र से हाथ मिलाना चाहता हूँ। मैं जैफ़ से कुछ नहीं चाहता, केवल इतना चाहता हूँ कि वह मुझे जैविक पिता के रूप में स्वीकार कर ले। मैं उसे बधाई देना चाहता हूँ कि उसने जिन्दगी में इतनी ऊँचाई पाई है। जोरगेनसन अपने स्वास्थ्य को अच्छा नहीं बताते, अतः वे अपने जैविक पुत्र से शीघ्र ही मिलना चाहते हैं। इस सम्बन्ध में अभी तक जैफ़ बेज़ोस ने कोई टिप्पणी नहीं की है।

2

ऐमज़ॉन.कॉम की कहानी

ऑनलाइन बिजनेस की सबसे बड़ी रिटेल कम्पनी

ऐमज़ॉन.कॉम नामक कम्पनी के जीवन में इंटरनेट का महत्वपूर्ण स्थान है। इंटरनेट के कारण ही ऐमज़ॉन अस्तित्व में आयी और ऑनलाइन व्यवसाय के क्षेत्र की आज अग्रणी कम्पनी बन सकी है।

इंटरनेट की खोज

1994 में गर्मियों के दिन थे। अधिकांश अमेरिकन अपनी ज़िन्दगी का लुत्फ उठा रहे थे। कोई स्वीमिंग पुल में था, तो कोई झील में बोटिंग कर रहा था। कोई अन्य आउटडोर कार्यक्रम में मस्त था, लेकिन जैफ़ बेज़ोस और मैकेंज़ी नाम का एक नया जोड़ा अपनी ज़िन्दगी को नया मोड़ देने में ही मशगूल था। उन दिनों जैफ़ वॉल स्ट्रीट की एक निवेश फर्म डी.ई. शॉ एण्ड कम्पनी में फाइनैंशल एनालिस्ट और सीनियर वाइस प्रेसीडेन्ट के पद पर कार्यरत थे। इस कम्पनी को उसके कर्मचारी प्यार से डिस्को (DESCO) कहते थे। इस कम्पनी की स्थापना डेविड ई. शॉ द्वारा 1988 में की गई जो स्वयं कोलम्बिया यूनीवर्सिटी के कम्प्यूटर साइंस के पूर्व में प्रोफेसर थे। प्रोफेसर शॉ निवेश कम्पनी में टेक्नोलॉजी और कम्प्यूटरों का

उपयोग करके इसे ऊंचाई पर ले जाना चाहते थे। जैफ़ ने डेविड शॉ की इच्छा के अनुसार इस निवेश कम्पनी में अपने कम्प्यूटर साइंस के तकनीकी ज्ञान का उपयोग किया था और इस कम्पनी के पदाधिकारी के रूप में लाखों डॉलर का फायदा पहुंचाया था। कम्प्यूटरों के साथ काम करते हुए बेज़ोस इंटरनेट की भी जानकारी रख रहे थे जो उन दिनों लोगों के दिन-प्रतिदिन के कामों को प्रभावित कर रहा था। डेविड शॉ भी इंटरनेट में रुचि रखते थे, अतः वे समय-समय पर बेज़ोस को इंटरनेट के सम्बन्ध में जानकारी एकत्र करने के लिए प्रेरित करते रहते थे। डेविड शॉ दूरदृष्टा थे। उन्हें तो इंटरनेट में भविष्य दिखायी दे रहा था।

इंटरनेट में पहला क्रान्तिकारी परिवर्तन तब आया, जब 1990 में टिम वर्नर ली नाम के वैज्ञानिक ने पहला इंटरनेट ब्राउजर बनाया जिसे वर्ल्ड वाइड वेब (www) कहा गया और 1991 में इसे कॉमर्शियल उपयोग के लिए खोल दिया गया। वैसे उन दिनों इंटरनेट का उपयोग केवल अमेरिकन डिफेन्स डिपार्टमेंट द्वारा कम्प्यूटरों के आपसी संवाद के रूप में उस परिस्थिति में किया जाना था, यदि वहां कोई न्यूक्लियर अटैक हो। उस समय इंटरनेट पूरी तरह से रक्षा विभाग के कब्जे में था। लेकिन धीरे-धीरे इसे विश्वविद्यालयों, कॉलेजों और शोधकर्ताओं के लिए खोल दिया गया ताकि वे कम्प्यूटरों के माध्यम से आंकड़ों और सूचनाओं का आदान प्रदान कर सकें। उस समय कम्प्यूटर विशेषज्ञों ने भविष्यवाणी की थी कि 1993-94 में इंटरनेट समाज का एक अनिवार्य अंग बन जाएगा। बेज़ोस ने इंटरनेट का उपयोग लगभग एक दशक पूर्व उस समय किया था जब वे प्रिन्सटन यूनीवर्सिटी में थे। लेकिन उस समय उनकी जानकारी बहुत सीमित थी। यद्यपि इंटरनेट का उपयोग बढ़ रहा था लेकिन 1994 तक भी इंटरनेट का उपयोग व्यावसायिक कार्यों के लिए बहुत अधिक नहीं होता था।

बेज़ोस को कम्प्यूटर एवं टेक्नोलॉजी में बहुत भरोसा था। इंटरनेट कम्प्यूटर विज्ञान का ही एक उत्पाद था। बेज़ोस के मन में इंटरनेट

के माध्यम से कोई बड़ा व्यवसाय करने का विचार था। बेज़ोस चाहते थे कि कुछ ऐसा किया जाए जिसे साधारण तरीके से कोई अन्य न कर सके। वे इंटरनेट पर एक स्टोर खोलना चाहते थे। बेज़ोस ने एक सर्वे किया और इंटरनेट के उपयोग के सम्बन्ध में उन्हें चौंकाने वाले तथ्य मिले। उन्होंने पाया कि एक ही वर्ष में इंटरनेट के उपयोग में 2300 प्रतिशत की वृद्धि हुई है। उन्होंने महसूस किया कि शायद वह दिन आने वाला है जब लोग इंटरनेट के माध्यम से खरीदारी करेंगे क्योंकि कोई भी चीज इस गति से नहीं बढ़ती, जिस गति से इंटरनेट का उपयोग बढ़ा है। यह वृद्धि असाधारण है। तेज गति से बढ़ने वाली चीज स्वयं में एक अवसर होती है और इंटरनेट तो बैक्टीरिया की तरह बढ़ रहा था। बेज़ोस कहते हैं कि इस तथ्य ने मुझे इंटरनेट के माध्यम से व्यवसाय करने के लिए सोचने हेतु मजबूर कर दिया मुझे इस आंकडे से बहुत बल मिला, और मैं प्लान करने लगा कि किस तरह का व्यवसाय किया जाए।

इंटरनेट की लोकप्रियता और उसकी असाधारण वृद्धि दर से बेज़ोस ने यह तो तय कर लिया कि इंटरनेट आधारित व्यवसाय करना है क्योंकि उन्हें लग रहा था कि इंटरनेट में लोगों की भीड़ होगी और भीड़ में कुछ भी बेचा जा सकता है। उस समय इन्टरनेशनल डाटा कॉरपोरेशन ने अनुमान लगाया था कि 1996 के अन्त तक वेब यूजर्स की संख्या 35 मिलियन तथा वर्ष 2000 के अन्त तक 165 मिलियन हो जायेगी। इस अनुमान के पीछे तर्क यह था कि पर्सनल कम्प्यूटरर्स का उपयोग बढ़ता जा रहा था। पर्सनल कम्प्यूटर घर-घर और दफ्तरों की हर मेज पर कब्जा कर रहे थे। अतः पर्सनल कम्प्यूटर के साथ इंटरनेट का उपयोग बढ़ना स्वाभाविक था। इसके साथ ही इंटरनेट के प्रति लोगों और व्यवसाइयों की रुचि बढ़ रही थी क्योंकि यह सभी के लिए सुविधाजनक होता जा रहा था। लेकिन सबसे बड़ा सवाल यह था कि कौन सा व्यवसाय किया जाए। इस मामले में उनकी कोई सहायता भी नहीं कर रहा था। बेज़ोस ने शुरू-शुरू में बीस

मेल ऑर्डर वाले सम्भावित उत्पादों की एक सूची बनायी और स्वयं से पूछा कि इनमें से किस व्यवसाय को वह आसानी से और अच्छी तरह से कर सकते हैं। इन उत्पादों में कम्प्यूटर सॉफ्टवेयर, ऑफिस सप्लाईज़, एपीरल, गहने और पुस्तकें आदि शामिल थीं। सभी उत्पादों की सम्भावनाओं का अध्ययन करने के बाद सूची में काट-छाँट के बाद उत्पादों की सूची पाँच रह गई। चूंकि नया व्यवसाय प्रारम्भ करना था अतः शुरू में पाँच उत्पाद भी काफी थे। अन्त में बेज़ोस की निगाह किताबों पर आकर टिक गई। उन्होंने इंटरनेट के माध्यम से ऑनलाइन किताबों की बिक्री करने के व्यवसाय पर अपनी मोहर लगा दी। इस निर्णय के पीछे यह नहीं था कि बेज़ोस को किताबें पसन्द थीं या वे किताबों के व्यवसाय के सम्बन्ध में बहुत कुछ जानते थे, वरन इस निर्णय के पीछे बेज़ोस की यह सोच थी कि लोग ऑनलाइन किताबों की खरीदारी पसन्द करेंगे क्योंकि इस व्यवसाय में ग्राहक को बहुत कुछ पसन्द नहीं करना होता या खरीदारी से पहले उत्पाद को देखना आवश्यक नहीं होता। इसमें तो ग्राहक को किताब का टाइटिल और लेखक का नाम पहले से ही पता होता है अतः उसे ऑनलाइन ऑर्डर देने में सुविधा होगी। साथ ही इस व्यवसाय के लिए कोई फिजिकल स्टोर भी नहीं खोलना पड़ेगा। जिसके कारण निवेश भी कम होगा। ऑर्डर प्राप्त करते ही किताबों के वितरक या प्रकाशक से किताब क्रय करके ग्राहक को भेजना होगा। जब किताबों का व्यवसाय तय हो गया, तब बेज़ोस ने डी.ई. शॉ एण्ड कम्पनी में अपने सहयोगियों और अपने मालिक डेविड शॉ को बताया कि वे नौकरी छोड़कर किताबों का ऑनलाइन बिजनेस करने जा रहे हैं। डेविड शॉ बेज़ोस का निर्णय सुनकर चौंक गए। वे बेज़ोस को छोड़ना नहीं चाहते थे क्योंकि जैफ़ उनकी कम्पनी के प्रमुख लोगों में से थे। अतः बेज़ोस को लेकर वे एक पार्क में घूमने के लिए चले गए। पार्क में घूमने के दौरान लगभग दो घण्टे तक बेज़ोस और डेविड इस व्यवसाय की अच्छाइयों और बुराइयों पर चर्चा करते रहे और डेविड ने बेज़ोस को

समझाया कि नया व्यवसाय शुरू करने में अभी जल्दी है। तुम्हारे पास अच्छी नौकरी है। अच्छा वेतन है। अतः अभी जोखिम उठाने की आवश्यकता नहीं है। अभी नौकरी से कुछ पूंजी एकत्र कर लो, फिर व्यवसाय करना अच्छा रहेगा। बेज़ोस ने उस समय तो डेविड से कुछ नहीं कहा लेकिन बेज़ोस अपनी धुन के पक्के थे। बचपन से ही वे एन्टरप्रिन्योर बनने के लिए झटपटा रहे थे। अतः मन में उन्होंने निश्चय कर लिया कि वे इंटरनेट पर किताबों का ऑनलाइन व्यवसाय करेंगे। बेज़ोस ने इसकी सूचना फोन पर अपने माता-पिता को दी। बेज़ोस का निर्णय सुनकर उनके पिता माइक बेज़ोस बोले, क्या? तुम इंटरनेट पर किताबों का स्टोर खोलने जा रहे हो। बेज़ोस ने कहा, हाँ। इस समय इंटरनेट का उपयोग बढ़ता जा रहा है अतः व्यवसाय ठीक चलेगा। माइक इंटरनेट की महिमा समझ रहे थे अतः वे कुछ नहीं बोले, लेकिन उनकी मां जैकी ने प्रतिवाद किया कि इतनी अच्छी वेतन वाली और पद प्रतिष्ठा वाली नौकरी छोड़ने की जरूरत नहीं है। किताबों का व्यवसाय तो रात में या सप्ताहान्त में भी किया जा सकता है। इतनी जल्दी चीजें बदलने वाली नहीं हैं। अतः धैर्य रखो। बेज़ोस ने फोन पर ही अपनी मां से कहा, लेकिन माँ, मुझे तो जल्दी है। अन्ततः बेज़ोस ने अपनी अच्छी वेतन वाली नौकरी छोड़ दी।

कम्पनी की स्थापना

सभी लोगों से विचार-विमर्श करने के बाद कम्पनी की स्थापित करने का विचार अन्तिम रूप से बन गया। शुरू में कम्पनी का नाम कैडब्रा (Cadabra) रखा गया और जुलाई 1994 में इस नाम को वाशिंगटन में रजिस्टर्ड करा लिया गया। लेकिन नाम के उच्चारण की समस्या बनी रही। लोग फोन पर Cadabraa को Cadaver के नाम से उच्चारित करते थे। यह उच्चारण बेज़ोस को बुरा लगता था। अतः बेज़ोस नए नाम को लेकर मन्थन करते रहे। वे चाहते थे कि कम्पनी का नाम

अंग्रेजी वर्णमाला के A अक्षर से शुरू हो, क्योंकि A अंग्रेजी वर्णमाला का पहला अक्षर होता है, और सब अक्षरों का नेतृत्व करता है। बेज़ोस यह भी चाहते थे कि नाम छोटा हो और बोलने में आसान तथा त्रुटि रहित हो, अन्तर्राष्ट्रीय स्तर पर जाना-पहचाना हो तथा नाम से कम्पनी के आकार का आभास होता हो, अर्थात नाम से ही महसूस हो कि कम्पनी दुनिया में सबसे बड़ी कम्पनी है। बेज़ोस और मैकेंज़ी ने कई नाम पसन्द किए जैसे MakeltSo.com, Arad.com, Awake.com, Browse.com, Bookmall.com और Relentless.com आदि। एक बार रिलेंटलेस डॉट कॉम को भी पंजीकृत करा लिया गया, लेकिन बेज़ोस नाम को लेकर सन्तुष्ट नहीं हुए। अन्ततः बेज़ोस ऐमज़ॉन नाम पर सहमत हो गए। क्योंकि ऐमज़ॉन एक ऐसी नदी का नाम है जो दुनिया में सबसे बड़ी और पवित्र नदी मानी जाती है तथा इसका नाम ए अक्षर से शुरू होता है। बेज़ोस ने कम्पनी का नाम ऐमज़ॉन.कॉम रखा और एक दिन सुबह-सुबह गैराज में अपने साथियों के पास जाकर इस नाम की घोषणा कर दी और यह भी कह दिया कि वे इस नाम पर कोई सुझाव सुनना नहीं चाहते। नवम्बर 1994 में इस नाम को पंजीकृत करा लिया गया और इसके बाद 16 जुलाई 1995 को ऐमज़ॉन.कॉम नाम की नई वेबसाइट भी लॉन्च कर दी गई। किताबों के ऑनलाइन व्यवसाय में ऐमज़ॉन एकदम नया नाम था, यद्यपि बोलने और लिखने में बहुत आसान था, अतः ग्राहकों के बीच यह नाम जल्दी ही प्रसिद्ध हो गया। अब स्थान के चुनाव का नम्बर आया तो बेज़ोस ने कम्पनी का मुख्य कार्यालय सिएटल में स्थापित करने का निर्णय लिया। इस निर्णय के पीछे बेज़ोस के कई कारण थे। एक तो वह चाहते थे कि कम्पनी ऐसी जगह पर स्थापित हो जहाँ की आबादी अन्य राज्यों की तुलना में कम हो, क्योंकि उन्हीं दिनों अमेरिकन सुप्रीमकोर्ट ने निर्णय दिया था कि कम्पनी उन्हीं लोगों से सेल्स टैक्स वसूल करेगी जहाँ के राज्य में कम्पनी भौतिक रूप से स्थापित हो। इस नियम से वाशिंगटन राज्य की आबादी अन्य

ऐमज़ॉन कंपनी, जिसका नाम एक नदी के नाम पर रखा गया।

राज्यों के मुकाबले बहुत कम थी अतः सेल्स टैक्स वसूलने में कम से कम कठिनाई थी। दूसरे सिएटल में कम्प्यूटर सॉफ्टवेयर बनाने वाले माइक्रोसॉफ्ट जैसे कई उद्योग थे और सिएटल में इन्जीनियरों की संख्या अन्य राज्यों की तुलना में काफी अधिक थी। उन दिनों एक प्रकार से सिएटल टेक्नोलॉजी हब था। इसके साथ ही सिएटल में एयरपोर्ट और बुक डिस्ट्रीब्यूटरों की सुविधा थी जिसके कारण माल को प्राप्त करने और भेजने में काफी सुविधा होने की सम्भावना थी। सिएटल सब दृष्टिकोणों से बेज़ोस को उचित लगा। अतः उन्होंने सिएटल में तीन कमरों वाला एक मकान किराये पर लिया और अपनी पत्नी मैकेंज़ी के साथ रहने लगे। इस मकान में गैराज की भी सुविधा थी। अतः बेज़ोस ने गैराज से ही व्यवसाय शुरू करने का निर्णय ले लिया। क्योंकि वे व्यवसाय के शुरुआती दौर में स्थायी सम्पत्तियों पर बहुत अधिक धन लगाने के पक्ष में नहीं थे। इस प्रकार सिएटल के

मकान नं. 10704 एन.ई. 28वीं स्ट्रीट का गैराज ऐमज़ॉन.कॉम का जन्म स्थान बन गया।

बेज़ोस को व्यवसाय शुरू करने से पूर्व एक बिजनेस प्लान की जरूरत थी अतः उन्होंने अपनी पत्नी के साथ कार में न्यूयार्क से सिएटल तक की यात्रा में ही लैपटॉप पर बिजनेस प्लान बना डाला। यद्यपि उन्हें किसी विशेष बिजनेस प्लान की जरूरत नहीं थी, क्योंकि उन्होंने अपने स्वयं के धन से व्यवसाय शुरू किया था। वे पहले से ही अच्छी कम्पनी में अच्छे वेतन पर कार्यरत थे। अतः कम्पनी शुरू करने के लिए उनके पास पर्याप्त धन था। अतः उन्होंने 10000 डॉलर में ऐमज़ॉन.कॉम के 10.2 मिलियन डॉलर खरीद लिए। उन्होंने अपने पिता को भी 100000 डॉलर में 582528 शेयर बेच दिए। यद्यपि बेज़ोस ने अपने परिवार को पहले ही बता दिया था कि कम्पनी के सफल होने के केवल 70 प्रतिशत चान्स हैं, लेकिन उनके परिवार को जैफ़ पर भरोसा था। अतः उन्होंने बेहिचक ऐमज़ॉन.कॉम में धन का निवेश किया। बेज़ोस की मां का कहना था कि वे कम्पनी में धन का निवेश नहीं कर रहे हैं वरन बेज़ोस पर निवेश कर रहे हैं। हमें बेज़ोस पर भरोसा है। इस प्रकार कम्पनी संचालित करने के लिए प्रारम्भिक धन की व्यवस्था हो गई।

अब कम्पनी चलाने के लिए कर्मचारियों की आवश्यकता थी। बेज़ोस के दोस्तों ने कई नाम सुझाए थे। काफी विचार-विमर्श और वार्ताओं के बाद मि. कफान और डेविस ऐमज़ॉन के कर्मचारी बन गए। दोनों पेशे से इन्जीनियर थे। कम्पनी की तीसरी कर्मचारी बेज़ोस की पत्नी मैकेंज़ी बनी। मैकेंज़ी ने कम्पनी के टेलीफ़ोन और सेक्रेट्रियल काम को सम्भाल लिया। बेज़ोस ने ऑनलाइन बुक सेलिंग के लिए एक सप्ताह का प्रशिक्षण भी लिया। इस प्रकार एक गैराज में एक कम्प्यूटर, दो इन्जीनियरों और पत्नी मैकेंज़ी के साथ दुनिया की सबसे बड़ी ऑनलाइन रिटेल कम्पनी बनाने के लिए बेज़ोस तैयार हो गए।

जैफ़ बेज़ोस ने ऐमज़ॉन पर बुक-शिपिंग करने का प्लान बनाया।

बेज़ोस की टीम को सिएटल में स्थापित होने एवं कम्पनी की साइट लॉन्च करने में एक वर्ष का समय लगा। सबसे पहले बेज़ोस को कुछ कम्प्यूटरों की ज़रूरत थी ताकि साइट को चलाया जा सके और बुक्स के सम्बन्ध में उन्होंने जो आंकडे एकत्र किए थे। उन्हें स्टोर किया जा सके। अतः बेज़ोस ने पहले 3 सन माइक्रोसिस्टम वर्क स्टेशन क्रय किए। इस समय सबसे अधिक खर्च सॉफ्टवेयर बनाने पर निवेश करना था लेकिन बेज़ोस की टीम ने बने बनाए सॉफ्टवेयर क्रय करने का निर्णय लिया। क्योंकि सॉफ्टवेयर बनाने में समय व धन दोनों व्यर्थ हो रहे थे। अब तक बेज़ोस के कम्प्यूटरों में एक मिलियन किताबों के आंकड़े एकत्र हो चुके थे। अतः बेज़ोस ने मार्केटिंग के लिए ऐमज़ॉन को धरती का सबसे बड़ा बुक स्टोर कहना शुरू कर दिया। बेज़ोस के कथन पर पुस्तकों के वितरकों ने एतराज किया। उनका कहना था किताबों के स्टोर की दृष्टि से यदि देखा जाए तो ऐमज़ॉन धरती का सबसे छोटा बुक स्टोर है। क्योंकि जैसे अन्य स्टोर

किताबें बेचते हैं उसी प्रकार ऐमज़ॉन भी अन्य वितरकों या प्रकाशकों से किताबें लेकर बेचती है। ऐमज़ॉन में केवल एक ही सुविधा थी कि यहां पर लाखों टाइटल में से मनचाहा टाइटल सॉफ्टवेयर के माध्यम से तुरन्त ढूँढ़ा जा सकता था।

ऐमज़ॉन ने अपने प्रोग्रामर्स के माध्यम से इन्वेन्ट्री सिस्टम डेवलप किया ताकि ग्राहकों को पुस्तकों की उपलब्धता के सम्बन्ध में आश्वस्त किया जा सके। बेज़ोस के सिस्टम के अनुसार यदि ग्राहक द्वारा चाही गई बुक उनके वितरक के पास उपलब्ध है तो उसकी सप्लाई 48 से 72 घण्टे के भीतर की जा सकती थी। यदि इच्छित पुस्तक प्रकाशक से लेकर देनी होती थी तो उसकी सप्लाई के लिए अधिकतम दो सप्ताह चाहिए थे। और यदि पुस्तक वितरक या प्रकाशक के स्टॉक में नहीं है तो उसकी आपूर्ति के लिए 4 से 6 सप्ताह या कभी नहीं की सूचना ग्राहक को भेजी जाती है। ऐमज़ॉन के प्रोग्रामर्स ने अपने डाटाबेस से ग्राहक को यह सुविधा भी दी कि ग्राहक अपने मनपसन्द लेखक और विषय से सम्बन्धित सारी जानकारियाँ एक ही स्थान पर पा सकता है। यदि ग्राहक लेखक के नाम पर क्लिक करता है तो उसे सम्बन्धित लेखक द्वारा लिखी गई सभी पुस्तकों की सूची उपलब्ध हो जाएगी। यदि ग्राहक सब्जेक्ट पर क्लिक करता है तो उसे उस विषय के सभी लेखकों की पुस्तकों की सूची मिल जाएगी। ग्राहकों के लिए यह बहुत बड़ी सुविधा थी। शुरू-शुरू में ऐमज़ॉन में कोई विशेष स्टॉक नहीं रखा जाता था। जैसे ही किसी पुस्तक का ऑनलाइन ऑर्डर प्राप्त होता था तो तुरन्त डिस्ट्रीब्यूटर्स से 50 प्रतिशत कमीशन के आधार पर पुस्तक क्रय करके बेसमेन्ट में बने स्टोर में रखी जाती थी और फिर ग्राहक को भेजी जाती थी। इस काम में ऐमज़ॉन को एक सप्ताह का समय लगता था। यदि कोई पुस्तक आउट ऑफ़ स्टॉक होती थी तो उस पुस्तक की व्यवस्था करने में महीनों लग जाते थे। अभी तक ऐमज़ॉन में कर्मचारी नहीं थे। अतः ग्राहकों को भेजी जाने वाली पुस्तकों की पैकिंग आदि का काम गैराज में बैठकर रात में स्वयं जैफ़ और मैकेंज़ी

द्वारा किया जाता था। यहां तक कि जैफ़ स्वयं बण्डलों को डाकघर में पहुंचाते थे। पैकिंग के लिए मेज़ तक नहीं थी। कर्मचारी घुटनों के बल बैठकर पैकिंग का कार्य करते थे।

जिस दिन से वेबसाइट लॉन्च हुई थी तभी से लोगों ने किताबों के ऑर्डर देने शुरू कर दिये। पहले सप्ताह में 12000 डॉलर के ऑर्डर मिले लेकिन केवल 846 डॉलर के ऑर्डर ही पूरे हो सके। अगले सप्ताह में 14000 डॉलर के ऑर्डर मिले जिसमें से केवल 7000 डॉलर की पुस्तकें ही भेजी जा सकीं। जैफ़ की टीम ने मेहनत की और एक माह में अमेरिका के 50 राज्यों और 45 देशों में किताबों की बिक्री की। किताबों की बिक्री बढ़ती रही। बेज़ोस यह भी सोचने लगे कि किताबों के अलावा भी साथ में कुछ बेचा जा सकता है। 1996 में महसूस होने लगा कि कम्पनी के लिए एक बड़े ऑफिस और गोदाम की जरूरत है। अतः बेज़ोस ने गैराज को छोड़कर सिएटल के निकट ही एक औद्योगिक क्षेत्र में ऑफिस एवं गोदाम खोल लिया।

ऐमज़ॉन का IPO आया

ऐमज़ॉन में किताबों की बिक्री बढ़ती जा रही थी। लेकिन चूंकि ऐमज़ॉन में मूल्यों को प्रतिस्पर्धी बनाए रखने के लिए उन्हें नीचा रखा जा रहा था, अतः नकदी की समस्या थी। कम्पनी के विस्तार के लिए धन की आवश्यकता थी। क्योंकि कम्पनी किताबों के अलावा अन्य उत्पादों की बिक्री की भी व्यवस्था कर रही थी, अतः कम्पनी ने पब्लिक में जाने का विचार बनाया और 1997 में अपना IPO लाने की घोषणा कर दी। अभी तक कम्पनी का आकार तो बढ़ता जा रहा था, लेकिन लाभ कमाने की स्थिति नहीं थीं। ऐसे में IPO भी जोखिमपूर्ण था। क्योंकि आई.पी.ओ. की सफलता के लिए निवेशकों का विश्वास जीतना आवश्यक था। प्रारम्भ में कम्पनी के शेयर की कीमत 18 डॉलर निर्धारित करके 54 मिलियन डॉलर एकत्र करने का निर्णय लिया गया और कम्पनी का मूल्याकंन 429 मिलियन डॉलर निर्धारित किया गया।

यद्यपि कम्पनी के प्रॉस्पेक्टस में कम्पनी की सफलता 70 प्रतिशत तथा हानियों के बढ़ते जाने का विवरण दिया गया था, लेकिन निवेशकों ने बेज़ोस की योग्यता और उनके दीर्घकालीन विचार पर विश्वास किया और IPO सफल रहा। IPO के एक साल बाद बाजार में ऐमज़ॉन के शेयर की कीमत 105 डॉलर प्रति शेयर थी।

धन की व्यवस्था हो जाने के बाद ऐमज़ॉन के व्यवसाय ने गति पकड़ ली। बेज़ोस ने विज्ञापन पर ज़ोर दिया और सहयोगी साइटों में भी विज्ञापन दिए। ऐमज़ॉन का व्यवसाय इतनी तेजी से बढ़ा, जिसकी उम्मीद बेज़ोस को भी नहीं थी। ऐमज़ॉन के बढ़ते व्यवसाय को देखकर किताबों के डिस्ट्रीब्यूटर्स और ऐमज़ॉन के प्रतिद्वन्द्वी चौंक गए। जब धन की बेज़ोस को सख्त जरूरत थी तब उनके परिवार ने अपनी जमा पूंजी बेज़ोस को सौंप दी थी और ऐमज़ॉन के शेयर खरीद लिए थे। आज वही परिवार उन्हीं शेयरों की बदौलत बिलेनियर परिवार हो गया।

शुरू से ही बेज़ोस ने लाभ कमाने पर ज़ोर न देकर बाज़ार में ऐमज़ॉन का हिस्सा बढ़ाने पर बल दिया तथा व्यवसाय में किताबों के साथ अन्य उत्पादों को शामिल किया। ऐमज़ॉन ने शीघ्र ही सीडी, वीडियो, खिलौने, इलेक्ट्रॉनिक्स आदि उत्पादों को अपनी बिक्री के उत्पादों की सूची में शामिल कर लिया। अक्टूबर 2002 में ऐमज़ॉन के उत्पादों की सूची में कपड़े और गहने भी शामिल हो गए। ऐमज़ॉन ने तीसरे पक्षों को भी कमीशन के आधार पर अपने प्लेटफॉर्म पर सामान बेचने की अनुमति प्रदान कर दी। इस प्रकार एक दशक में ही ऐमज़ॉन की सालाना बिक्री 10.70 बिलियन डॉलर तक पहुंच गई जो उसके निकटतम प्रतिद्वन्द्वी से 3 गुना अधिक थी।

1999 में ऐमज़ॉन ने अपने प्रतिद्वन्द्वी ई-बे (eBay) को पछाड़ने के लिए ऐमज़ॉन ऑक्शन नाम की सेवा शुरू की। इससे पहले 1998 में ऐमज़ॉन अमेरिका से बाहर निकलकर यू.के. और जर्मनी में अपनी साइट लॉन्च कर चुकी थी।

जैसे-जैसे ऐमज़ॉन सफलता की सीढ़ियाँ चढ़ती जा रही थी, वैसे-वैसे बेज़ोस के बचपन के सपने जवान होते जा रहे थे। उनके दिमाग में हर समय अन्तरिक्ष ही घूमता रहता था। अतः वर्ष 2000 में उन्होंने अन्तरिक्ष की यात्रा की रियायती दर पर सुविधा उपलब्ध कराने के उद्देश्य से ब्लू ओरिजिन नाम की कम्पनी स्थापित कर ली। इस कम्पनी का उद्देश्य अन्तरिक्ष की यात्रा के माध्यम से पृथ्वी के अतिरिक्त दूसरे गृहों में भी मानव की उपस्थित को सम्भव बनाना है।

जैफ़ बेज़ोस हमेशा कुछ नया करने के लिए उतावले रहते हैं। उन्होंने 2007 में लोगों को उस समय आश्चर्य में डाल दिया जब उन्होंने हैण्डहैल्ड इलेक्ट्रॉनिक रीडिंग डिवाइस को लॉन्च किया जिसका नाम किण्डले रखा गया और इसे वायरलेस इंटरनेट से जोड़ा गया ताकि ग्राहक इस पर कहीं भी, कभी भी पुस्तक या अन्य दस्तावेज़ों को पढ़ सके या डाउनलोड कर सके। एक समय में किण्डले में सैकड़ों किताबों को स्टोर किया जा सकता है। कुछ सामग्री को तो मुफ्त डाउनलोड किया जा सकता है और नए टाइटलों को बहुत ही कम दरों पर पढ़ा या डाउनलोड किया जा सकता है। किण्डले की सुविधा को पाठको ने हाथों-हाथ लिया। जिस वर्ष में किण्डले को लागू किया गया था उस वर्ष में ऐमज़ॉन की बिक्री में लगभग 38 प्रतिशत की वृद्धि हुई और 2010 आते-आते ऐमज़ॉन के लाभ दो गुने हो गए। किण्डले के लागू होते ही इलेक्ट्रॉनिक फॉर्म वाली किताबों के अमेरिकन बाजार में ऐमज़ॉन का हिस्सा 95 प्रतिशत हो गया। लेकिन 2010 में जब एप्पल ने अपना आई पैड लॉन्च किया तब किण्डले को परेशानी हुई, क्योंकि आई पैड भी वही सुविधा दे रहा था जो किण्डले दे रहा था। प्रतिद्वन्द्विता को देखते हुए बेज़ोस ने तुरन्त किण्डले की कीमतों में कमी कर दी तथा कई अन्य नए फीचर्स जोड़ दिए। 2011 में ऐमज़ॉन ने किण्डले फायर नाम से मिनी टेबलेट कम्प्यूटर कलर स्क्रीन के साथ लॉन्च किया।

इसके बाद ऐमज़ॉन ने ऐमज़ॉन लोकल एवं ऐमज़ॉन वेब सर्विस

2013 में बेज़ोस ने 'द वाशिंगटन पोस्ट' नामक अखबार खरीद लिया।

को लॉन्च किया। वर्ष 2012 में ऐमज़ॉन ने ऐमज़ॉन स्टूडियो लॉन्च किया। वर्ष 2012 में ही फार्चून पत्रिका ने बेज़ोस को बिजनेस पर्सन ऑफ़ दि इयर घोषित किया। वर्ष 2013 में बेज़ोस ने स्वयं के धन से वाशिंगटन पोस्ट नामक अखबार को खरीद लिया। बेज़ोस और मैकेंज़ी अपने बच्चों के साथ सिएटल में ही रह रहे है।

नई कम्पनी का गठन

जैफ़ बेज़ोस ऐमज़ॉन.कॉम पर काम कर रहे थे लेकिन उन्हें चैन नहीं था। अतः उन्होंने वर्ष 2000 में एक नई कम्पनी का गठन कर लिया। कम्पनी का नाम रखा गया ब्लू ऑरिजिन। यह एक अन्तरिक्ष खोज कम्पनी थी जिसकी जानकारी आम जनता को उस समय नहीं थी। यह कम्पनी जैफ़ बेज़ोस की मानी जाती है जिसका ऐमज़ॉन.कॉम से कुछ लेना-देना नहीं है। अन्तरिक्ष की खोज जैफ़ बेज़ोस का बचपन का सपना रहा है। जब उन्हें हाई स्कूल में बैलेडेक्टिोरियन चुना गया था तभी उन्होंने अपने भाषण में कहा था कि वे अन्तरिक्ष में होटल, एम्यूजमेन्ट पार्क और कालोनियाँ बनाना चाहते हैं ताकि 2 से 3

Blue Origin

मिलियन तक लोगों को अन्तरिक्ष में बसाया जा सके। उन्होंने इस प्रोजेक्ट को धरती का रक्षक बताया। उस समय बेज़ोस की उम्र 18 वर्ष थी। वर्ष 2000 आते-आते बेज़ोस ने आगे कदम बढ़ाया और इस अन्तरिक्ष आधारित कम्पनी की स्थापना कर दी। वे अन्तरिक्ष को एक पार्क के रूप में विकसित करना चाहते हैं। इस कम्पनी का मुख्यालय केन्ट वाशिंगटन में बनाया गया। कम्पनी का मुख्य उद्देश्य अन्तरिक्ष यात्रा को सुगम और कम लागत वाला बनाना है। जैफ़ बेज़ोस पूरी मेहनत से नई टेक्नोलॉजी के माध्यम से अपने सपने को साकार करने में लगे हुए हैं। उनका मूल मन्त्र है धीरे-धीरे साहस के

Home Updates Internships Media Research

Blue Origin

Careers

Blue Origin is hiring highly qualified and dedicated individuals. Our hiring bar is unabashedly extreme, and we insist on keeping our team size small. This means the person occupying each and every spot must be among the most technically gifted in his or her field. Other hiring criteria include:

1. You must have a genuine passion for space. Without passion, you will find what we're trying to do too difficult. There are much easier jobs.
2. You must want to work in a small company.
3. We are building real hardware. This must excite you. You must be a builder.

Blue Origin's engineering and manufacturing teams work in a newly renovated 280,000 sq. ft. facility on 26 acres in Kent, Washington. We are just 20 minutes south of Seattle and 15 minutes from Sea-Tac airport. We also own and operate a launch complex in western Texas.

Here are some photos of our Kent facility:

साथ चलो, कदम दर कदम आत्मविश्वास के साथ चलो। बेज़ोस का कहना है कि हम अन्तरिक्ष यात्रा को बिना किसी बड़े सरकारी बजट के उत्तम और सुरक्षा के साथ सुविधाजनक बनाना चाहते हैं ताकि साधारण लोग भी अन्तरिक्ष का लाभ उठा सकें।

ब्लू ऑरिजिन कम्पनी के सम्बन्ध में 2006 से पहले कोई कुछ नहीं जान पाया। लोगों को इस प्रोजेक्ट की जानकारी तब हुई जब बेज़ोस ने 2006 में पश्चिमी टेक्सास के इलाके में अन्तरिक्षयान को लॉन्च करने एवं टेस्ट की सुविधा के लिए भूमि का एक बहुत बड़ा रकबा खरीदा। बेज़ोस बडे ही आत्मविश्वास के साथ कहते हैं कि हमारे सामने कई समस्याएं हैं फिर भी हम नई चीज को पाने में लगे हैं। एक दिन हम सितारों तक पहुंचेंगे।

ऐमज़ॉन.कॉम पर सामान की खरीद-बेच की प्रक्रिया

एमेज़न.कॉम ने 1995 में पहली बार किताबों की ऑनलाइन बिक्री स्वयं शुरू की थी। लेकिन 2006 आते-आते ऐमज़ॉन ने 7 देशों में अपने 21 फुलफिलमेन्ट सेन्टरों के माध्यम से सब कुछ बेचना शुरू कर दिया। 1999 में जैफ़ बेज़ोस ने अपनी मेहनत के बल पर ऐमज़ॉन को दुनिया की जानी-मानी कम्पनी में तब्दील कर दिया और टाइम पत्रिका को जैफ़ बेज़ोस को "पर्सन ऑफ़ दि इयर" घोषित करना पड़ा। कम्पनी ने दर्जनों पेटेन्ट अपने नाम कराए और कई विवाद भी झेलने पड़े। जिन्हें जैफ़ बेज़ोस ने बड़ी ही होशियारी से कोर्ट के बाहर ही समझौता करके निपटा दिया। आज ऐमज़ॉन सबके लिए सब कुछ बेचती है। यद्यपि ऐमज़ॉन की बिक्री की प्रक्रिया इसी प्रकार की अन्य कम्पनियों से अलग नहीं है लेकिन ऐमज़ॉन को अन्य कम्पनियों से अलग और बेहतर बनाती है इसकी उत्पाद शृंखला। जितनी बड़ी उत्पाद शृंखला ऐमज़ॉन के पास है उतनी शायद दुनिया में किसी अन्य कम्पनी के पास नहीं है। आज ऐमज़ॉन ब्यूटी-प्रोडक्ट, कपड़े, ज्वैलरी, खाद्य पदार्थ, स्पोर्ट्स गुड्स, पेंट सप्लाई, किताबें, सीडी, डीवीडी, कम्प्यूटर्स, फर्नीचर,

amazon
web services™

खिलौने, गार्डन सप्लाईज, वेडिंग सामग्री आदि अर्थात् आप जो कुछ भी खरीदना चाहें वह सब ऐमज़ॉन.कॉम पर उपलब्ध है। उत्पाद-शृंखला के अलावा ऐमज़ॉन ग्राहक के अनुभवों, उनकी रूचियों आदि सभी का ध्यान रखकर अपनी बिक्री प्रक्रिया को पूरा करता है।

(क) खरीददारी प्रक्रिया

यदि आप ऑनलाइन खरीददारी करना चाहते हैं तो आपका कम्प्यूटर, इंटरनेट से जुड़ा होना चाहिए। इसके बाद निम्नलिखित प्रक्रिया अपनाएं –

- कम्प्यूटर के डेस्कटॉप से अपने इंटरनेट ब्राउजर जैसे गूगल क्रोम, मोजिला, फायर फॉक्स आदि को डबल क्लिक करके खोलें।
- यदि आप इण्डिया में हैं तो ब्राउजर के एड्रेस बार में www.amazon.in टाइप करें और एंटर का बटन को पुश करें। कुछ क्षणों बाद ऐमज़ॉन की वेबसाइट खुल जाएगी।
- वेबसाइट में अपने पसंदीदा माल को खोजें। माल खोजने के कई तरीके हो सकते हैं। एक तो आप सर्चबार में टाइप करके खोज सकते हैं। दूसरी लेफ्ट मीनू में दिये गए उपयुक्त विभाग से अपना ऐच्छिक सामान खोज सकते हैं।
- जब आप ऐमज़ॉन के होम पेज पर पहुंचेंगे तो आप वहां पर

स्पेशल ऑफर और उसी प्रकृति के अन्य सामानों की सूची भी पाएंगे। यदि आप पहले कभी ऐमज़ॉन के माध्यम से ऑनलाइन खरीददारी कर चुके हैं तो आपको कुछ सलाहें भी मिलेंगी। क्योंकि आपसे सम्बन्धित सूचनाएं ऐमज़ॉन के पास पहले से ही हैं। यहां पर ऐमज़ॉन आपको आपकी व्यक्तिगत खरीददारी के लिए परामर्शदाता के रूप में नजर आएगा। चूंकि ऐमज़ॉन का मूल मन्त्र है कि ग्राहक को अच्छी तरह से जानो। इसीलिए ऐमज़ॉन आपकी पिछली खरीददारी की सूचनाएं सुरक्षित रखता है।

- माल को पसन्द करने के बाद आप इस पर क्लिक करके इसके मुख्य पेज पर आ जाएं और अपने इस माल को शॉपिंग कार्ट में जोड लें। यदि अन्य कोई सामान भी आप पसन्द कर रहे हैं तो सभी को शॉपिंग कार्ट में जोड़ें।
- इसके बाद प्रोसीड टु चेक आउट के बटन पर क्लिक करके काउन्टर पर आएं और माल के मूल्य का भुगतान की प्रक्रिया शुरू करें।
- इसके बाद अगली स्क्रीन पर ऐमज़ॉन आपसे लॉग इन करने का निर्देश देगा। यदि आप ऐमज़ॉन पर पहली बार शॉपिंग कर रहे हैं और ऐमज़ॉन पर आपका यूजर आई.डी. नहीं है तो पहले आपको अपना नाम, पता, ई-मेल, फोन नं. आदि भर कर अपना यूजर आई.डी. बनाना होगा।
- लॉग इन करने के बाद ऐमज़ॉन आपसे बिलिंग और डिलीवरी का पता पूछता है। इसके बाद डेबिट या क्रेडिट कार्ड या ऑनलाइन बैंकिंग के माध्यम से आप माल के मूल्य का भुगतान कर सकते हैं। आपकी सुविधा के लिए ऐमज़ॉन आपको कैश ऑन डिलीवरी की सुविधा भी देता है। अर्थात् आप माल प्राप्त करते समय मूल्य का भुगतान कर सकते हैं।

(ख) बिक्री की प्रक्रिया

ऐमज़ॉन सामान्यतया अपने गोदामों और फुलफिलमेन्ट सेन्टरों के माध्यम से माल की बिक्री और डिलीवरी देता है। इसके साथ ही वह अन्य व्यक्तियों या कम्पनियों को भी अपना माल बेचने के लिए ऐमज़ॉन के आंकड़ों का उपयोग करने एवं बिक्री के लिए प्लेटफार्म उपलब्ध कराता है। इन्हें थर्ड पार्टी या ऐमज़ॉन एशोसियेट कहा जाता है। इसके अन्तर्गत अन्य व्यक्ति या छोटी कम्पनियाँ ऐमज़ॉन के डाटा बेस के आधार पर अपनी स्वयं की साइट बना सकती हैं और ऐमज़ॉन सर्वर के आधार से सूचनाएं प्रसारित कर सकती हैं। अन्य व्यक्ति ऐमज़ॉन के माध्यम से माल बेचने के लिए निम्नलिखित प्रक्रिया अपना सकते हैं –

- विक्रेता को सबसे पहले ऐमज़ॉन की वेबसाइट पर अपने उत्पाद या सेवा के सम्बन्ध में पूर्ण जानकारी अपलोड करनी हागी। इस जानकारी में उत्पाद की विशेषताएं, कीमत, उत्पाद का फोटो, वीडियो आदि सभी कुछ हो सकता है।

- ऐमज़ॉन की वेबसाइट पर अपलोड किए गए उत्पादों की जानकारी उन ग्राहकों की साइट पर दिखाई देने लगती है जो ऐमज़ॉन की वेबसाइट के सम्पर्क में आते हैं।

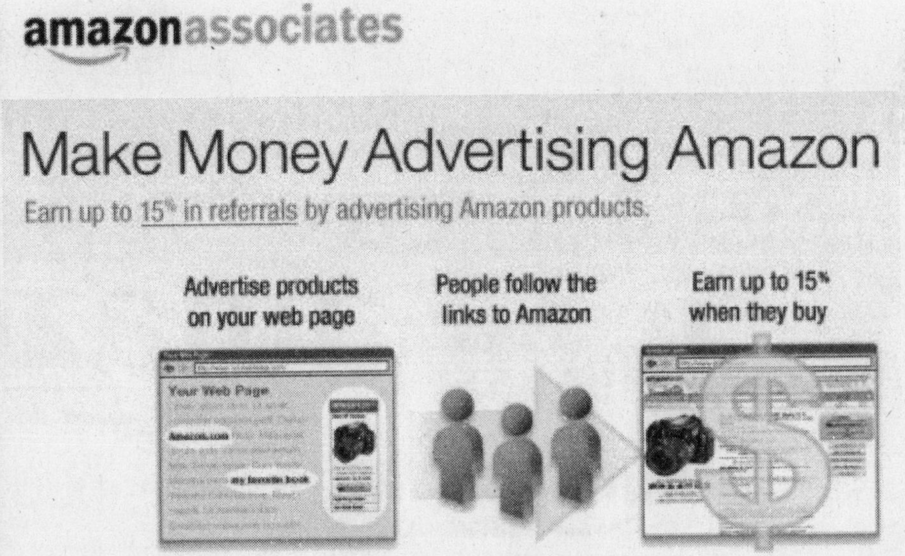

- ऐमज़ॉन ग्राहकों को उनकी खरीददारी में सहायता करता है अर्थात् बहुमूल्य सलाहें, सुरक्षित भुगतान, उनके डेबिट/क्रेडिट कार्ड नम्बरों आदि की सुरक्षा तथा भुगतान में सहायता करता है। यह सभी कार्य ऐमज़ॉन उसी स्थिति में करता है जब ग्राहक द्वारा माल पसन्द कर लिया जाता है और माल खरीदने में रुचि दिखाता है।
- जब ग्राहक की ओर से ऐमज़ॉन को खरीद का ऑर्डर मिलता है तो ऐमज़ॉन माल के विक्रेता को ई-मेल के माध्यम से सूचित करता है। इस सूचना के बाद विक्रेता को माल की पैकिंग करके पिकअप करने का समय ऐमज़ॉन को बताना होता है। ऐमज़ॉन अपनी डिलीवरी सुविधाओं के माध्यम से इस माल को विक्रेता से लेकर ग्राहक तक पहुंचाती है।
- डिलीवरी के बाद माल का भुगतान आने पर ऐमज़ॉन अपने खर्चों और कमीशन की धनराशि काटकर शेष रकम विक्रेता के खाते में भेज देती है।

इस प्रक्रिया से जहाँ ऐमज़ॉन को कमीशन के रूप में काफी आय होती है, उसके साधनों का भरपूर उपयोग सम्भव होता है वहीं तीसरे पक्ष को अपना माल बेचने के लिए एक सुविधाजनक और विश्वव्यापी प्लेटफार्म मिला जाता है।

उत्पाद एवं सेवाएं

ऐमज़ॉन का एक मिशन है "सबको सब-कुछ बेचो।" प्रारम्भ में ऐमज़ॉन ने ऑनलाइन किताबें बेचना शुरू किया था और आज ऐसा कोई सामान नहीं है जो हमारे जीवन को प्रभावित करता हो, और ऐमज़ॉन उपलब्ध न करा सके। ऐमज़ॉन के लिए ग्राहक और ग्राहक के लिए न्यूनतम मूल्य पर अच्छी गुणवत्ता का सामान उपलब्ध कराना पहली प्राथमिकता है। यहाँ पर हम ऐमज़ॉन के स्टोरों में उपलब्ध सामानों के मुख्य-मुख्य सामानों के नाम लिख रहे हैं। वैसे यह सूची अन्तिम नहीं है।

(क) उत्पाद

ऐमज़ॉन के मुख्य-मुख्य उत्पाद निम्नलिखित प्रकार से हैं।

- Unlimited Instant Videos
- Prime Instant Videos
- Amazon Instant Video Store
- Your Video Library
- MP3& Cloud Player
- MP3 Music Store
- Cloud Player for Web
- Cloud Player for Android
- Amazon MP3 for Mobile
- Amazon Cloud Drive
- Your Cloud Drive
- Kindle
- Kindle (wi-fi)
- Kindle 3 G (Free 3G+ Wi-fi)
- Kindle DX
- Free Kindle Reading Apps
- Accessories
- eBooks
- Newspapers
- Magazines
- Kindle Store
- Appstore for android
- Apps

- Games
- Free Amazon Apps
- Digital Games & Software
- Software Downloads
- Your Games & Software Library
- Audible Audiobooks
- Audible membership
- Audible Audiobooks& More
- Bestsellers
- New & Notable
- Listener Favorites
- Books
- Kindle eBooks
- Textbooks
- Audiobooks
- Movies, Music & Games
- Movies &TV
- Blu-ray
- Music
- MP3 downloads
- Musical Instruments
- Game Downloads
- Electronics& Computers
- TV & Video
- Home audio & Theater
- Camera, Photo & Video

- Cell Phones & Accessories
- Video Games
- MP3 Players& Accessories
- Car Electronics& GPS
- Appliances
- Laptops, Tablets & Netbooks
- Desktops & Servers
- Computer Accessories
- Computer Parts& Components
- Software
- PC Games
- Printers & Ink
- Office& School Supplies
- Home Garden & Tools
- Kitchen & Dining Supplies
- Furniture & Decor
- Bedding & Bath
- Patio, Lawn & Garden
- Home Improvement
- Power & Hand Tools
- Lamps & Light Fixtures
- Kitchen & Bath Fixtures
- Hardware
- Building Supplies
- Arts, Crafts & Sewing
- Pet Supplies

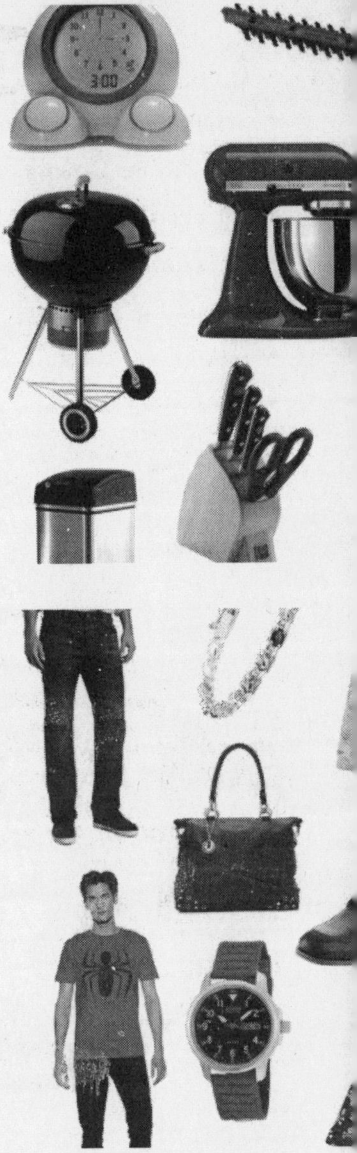

KIND
GENERAC

- Grocery, Health & beauty
- Grocery & Gourment Food
- Natural & Orgnic
- Health & Personal Care
- Beauty
- Toys, Kids & Baby
- Clothing (Kids & Baby)
- Toys & Games
- Video Games for Kids
- Clothing
- Shoes
- Handbags & Accessories
- Luggage
- Jewellery
- Watches
- Sports & Outdoors
- Exercise & Fitness
- Outdoor Recreation
- Athletic & Outdoor Clothing
- Team Sports
- Bikes & Scooters
- Golf
- Boating & Water Sports
- Fan Shop
- All Sports & Outdoors
- Automotive & Industrial

10:10
PC

The GOONIES

- Automative Parts & Accessories
- Automotive Tools & Equipment
- Wheels & Tries
- Motorcycle & ATV
- Industrial & Scientific

(ख) सेवाएं

ऐमज़ॉन अपनी ऐमज़ॉन वेब सर्विसेज़ के माध्यम से निम्नलिखित सेवाएं उपलब्ध करा रही है।

- Amazon Cloud Front
- Amazon Cloud Search
- Amazon Cloud Watch
- Amazon Dynamo DB
- Amazon Elactic Benastalk
- Amazon Elactic Block Store (EBS)
- Amazon Elastic Map Reduce
- Amazon Elasti Cache
- Amazon Glacier
- Amazon Elastic Compute Cloud (ec2)
- Amazon Mechanical Turk (Mturk)
- Amazon Product Advertising API
- Amazon Relational Database Service (RDS)
- Amazon Route 53
- Amazon Simple Email Service (SES)
- Amazon Simple Storage Service (S3)
- Amazon Simple Queue Service (SQS)

- Amazon Simple Notification Service (SNS)
- Amazon Simple Workflow (SWF)
- Amazon Simple DB
- Amazon Virtual Private Cloud (VPC)
- AWS Cloud Formation
- AWS Storage Gateway

(ग) अन्य सेवाएं जैसे–

- ऐमज़ॉन आर्ट
- ऐमज़ॉन गेम्स
- ऐमज़ॉन प्राइम
- ऐमज़ॉन वायरलेस
- ऐमज़ॉन फ़्रेश
- ऐमज़ॉन प्राइम पैन्ट्री
- ऐमज़ॉन प्राइम एयर आदि

(घ) वेबसाइट

ऐमज़ॉन.कॉम ने अपनी साइट पर ग्राहकों की भारी भीड़ को देखकर, विभिन्न त्योहारों और विशेष अवसरों पर ग्राहकों की सुविधा के लिए विभिन्न देशों के लिए अलग-अलग वेबसाइट चालू कर रखी हैं जैसे –

- चीन के लिए amazon.cn
- भारत के लिए amazon.in
- जापान के लिए amazon.co.jp
- जर्मनी के लिए amazon.de
- स्पेन के लिए amazon.es

- फ़्रांस के लिए amazon.fr
- इटली के लिए amazon.it
- इंग्लैण्ड के लिए amazon.co.uk
- कनाडा के लिए amazon.ca
- मैक्सिको के लिए amazon.com.mx
- ऑस्ट्रेलिया के लिए amazon.com.au
- ब्राज़ील के लिए amazon.com.br

अन्य लोगों की कम्पनियाँ

ऐमज़ॉन के भूतपूर्व कर्मचारियों ने भी महत्वपूर्ण कम्पनियाँ एवं संस्थाओं की स्थापना की है और इन कम्पनियों को अच्छी तरह से चला रहे हैं। एक प्रकार से इन कर्मचारियों के लिए ऐमज़ॉन वरदान सिद्ध हुई क्योंकि उन्होंने ऐमज़ॉन में ही काम करते हुए अनुभव पाया था। इनमें से कुछ कम्पनियों को ऐमज़ॉन ने खरीद भी लिया है। कुछ कम्पनियों के नाम इस प्रकार से हैं।

- Findory by greg linden
- Flipkart by Sachin Bansal and Binny Bansal
- Foodista by Barnaby Dorfman
- Hulu by Jason Kilar
- Infibeam by Vishal Mehta
- Jambool/Social Gold by Vikas Gupta and Reza Hussein
- Nimbula by Chris Pinkham, and Willem Van Bislijon
- Opscode by Jesse Robbins
- Pelago by Jeff Holden and Barren Vengroff
- Quora by Engineer Charlie Cheever

- Teach Street by Dave Schappell
- The Book Depository by Andrew Crawford
- Trusera by Keith Schorsch
- Twilio by Jeff Lawson
- Vittana by Kushal Chakrabarti and Brett Witt
- Wikinvest by Michael Sha
- Yellowleg.com by Aashish Gupta
- Zeitgeist Research by Manfred Bluemel

ऐमज़ॉन का मुख्यालय एवं अन्य सेंटर

ऐमज़ॉन इस समय किसी न किसी रूप में पूरी दुनिया में अपनी उपस्थिति दर्ज करा रहा है। उसके कार्यालय, गोदाम, फुलफिलमेन्ट सेन्टर, ग्राहक सेवा केन्द्र और सॉफ्टवेयर डेवलपमेंट सेन्टर दुनिया के विभिन्न हिस्सों में फैले हुए हैं। विवरण निम्नलिखित है।

मुख्यालय

ऐमज़ॉन का अन्तरराष्ट्रीय मुख्यालय वाशिंगटन के सिएटल में 14

बिल्डिंग में है। यूरोप का मुख्यालय लक्जमबर्ग में है। सिएटल में 3 टावर की बिल्डिंग मुख्यालय हेतु अभी भी निर्माणाधीन है। ऐमज़ॉन की सहायक कम्पनी Andible.com का मुख्यालय 1 वाशिंगटन पार्क नेवार्क न्यू जर्सी में और Zappos.com का मुख्यालय लास बेगास तथा WooT का मुख्यालय कैरोलटन टैक्सास में है।

सॉफ्टवेयर डेवलपमेन्ट सेंटर

सॉफ्टवेयर डेवलपमेन्ट का मुख्य काम सिएटल में होता है लेकिन कर्मचारियों की सुविधा के अनुसार अन्य स्थानों पर भी यह केन्द्र खोले गए हैं। नीचे दिए गए केन्द्रों की सूची में से अधिकांश केन्द्रों का संचालन ऐमज़ॉन की सहायक कम्पनी A2Z द्वारा किया जाता है। इन केन्द्रों में समय-समय पर संशोधन होते रहते हैं।

- USA: Cambridge, Massachusetts, Irvine, California, Charleston, Cupertion, California, Orange County, California, San Francisco, San Luis Obispo, California, Seattle, New York and Tempe, Arizona
- Canada: Vancourver, British Columbia, Toronto downtown and Mississauga, Ontario.
- Ireland : Dublin
- Germany : Berlin and Dresden
- Netherlands : Rijswijk
- Romania : Iasi
- UK : Slough (England), London (England) Dunfermline (Scotland) and Edinburgh (Scotland)
- India : Hyderabad, Bangalore & Chennai
- Japan : Meguro (Tokyo)
- China : Beijing
- South Africa : Cape Town

ग्राहक सेवा केंद्र

इन केन्द्रों के माध्यम से ग्राहकों को तत्काल सेवा का अवसर दिया जाता है।

- United States: Kennewick Washington, Huntington, West Virginia, Grand forks, North Dakota,Winchester, Kentucky
- India: Hyderabad, Chennai, Bangalore
- South Africa:Cape Town
- Philippines: EGS Manila, Convergys Cebu, Convergys Bacolod
- China: Chengdu
- Germany: Berlin
- Ireland: Cork
- Marocco: Sala al Jadida
- UK: Edinburgh, Scotland
- Japan: Sapporo
- Costa Rica: Heredia and San Jose
- Uruguay: Montevideo
- Italy: Cagliari
- Jamaica: Kingston

गोदाम एवं फुलफिलमेन्ट सेंटर

निम्नलिखित स्थानों पर सामान्यतः एयरपोर्ट के निकट फुलफिलमेन्ट सेन्टर एवं गोदाम स्थापित हैं। इन केन्द्रों से थर्ड-पार्टी सेलर्स को भी सुविधा दी जाती है। गोदाम बड़े आकार के हैं और प्रत्येक गोदाम में लगभग 100 कर्मचारी कार्य करते हैं। इन कर्मचारियों को सामान्यतः चार प्रकार के काम करने पड़ते हैं। पहला, आने वाले सामान की

पैकिंग खोलना एवं सामान का निरीक्षण करना; दूसरा, सामान को गोदाम में यथास्थान रखना और उसके स्थान को कम्प्यूटर में रिकॉर्ड करना; तीसरा, सामान भेजने के लिए उसे निर्धारित स्थान से प्राप्त करके उसकी पैकिंग करना एवं चौथे माल को रवाना करना। गोदाम की सारी कार्यवाही की रिकॉर्डिंग एवं सुपरविजन केन्द्रिय कम्प्यूटर से होता है। गोदामों एवं फुलफिलमेन्ट सेन्टरों की सूची निम्नवत है।

USA

- Goodyear, Arizona
- Phoenix, Arizona
- Patterson, California
- San Bernardino, California
- Tracy, California
- Windsor Locks, Connecticut
- Middletown, Delaware
- New Castle, Delaware
- Jeffersonville, Indiana
- Plainfield, Indiana
- Whitestown, Indiana
- Coffeyville, Kansas
- Campbellsville, Kentucky
- Hebron, Kentucky
- Lexington, Kentucky
- Louisvilla, Kentucky
- Baltimore
- Robbinsville, New Jersey

- Fernley, Nevada
- North Las Vegas, Nevada
- Nashua, New Hampshire
- Breinigsville, Pennsylvania
- Carlisle, Pennsylvania
- Hazleton, Pennsylvania
- Lewisberry, Pennsylvania
- Lexington, South Carolina
- Spartanburg, South Carolina,
- Chattanooga, Tennessee
- Lebanon, Tennessee
- Murfreesboro, Tennessee
- Irving, TX
- Schertz, Texas
- Chester, VA
- Dinwiddie, Virginia
- Sterling, Virginia
- Bellevue, Washington
- DuPont, Washington
- Sumner, Washington,
- Huntington, West Virginia

Canada

- Mississauga, Ontario
- Annacis Island a part of Delta, British Columbia

England

- Marston Gate
- Rugeley, Staffordshire
- Peterborough
- Doncaster
- Hemel Hempstead
- Ridgmont

Scotland

- Gourock (Inverclyde)
- Dunfermline (Fife)

Wales

- Crymlyn Burrows
- Swansea

France

- Boigny-sur-Bionne
- Saran
- Montelimar
- Sevrey
- Lauwin-Planque

Germany

- Bad Hersfeld
- Leipzig
- Werne
- Rheinberg
- Graben
- Koblenz
- Pforzheim

Netherlands

- Amsterdam

Italy

- Castel San Giovanni

Slovakia

- Bratislava

Spain

- San Fernando de henares (Madrid)

Asia

- Japan
- Ichikawa
- Yachiyo
- Chiba
- Sakai
- Daito
- Osaka
- Kawagoe
- Saitama

China

- Guangzhou
- Suzhou
- Beijing
- Chengdu

India

- Mumbai & Bangalore

3

क्या कहते हैं जैफ़ बेज़ोस

जैफ़ बेज़ोस ने ऐमज़ॉन.कॉम को नई बुलन्दियों पर अल्प समय में ही पहुँचा दिया है। आज ऐमज़ॉन कम्पनी के शेयर ऊँची कीमत पर बिक रहे हैं। एक समय था जब इंटरनेट व्यवसाय में भारी मन्दी थी, ऐसा लगता था कि ऐमज़ॉन जल्दी ही दिवालिया होने जा रही है। लेकिन ऐमज़ॉन के संस्थापक जैफ़ बेज़ोस ने अपना धैर्य और आत्मविश्वास नहीं खोया और ऐमज़ॉन दुनिया की सबसे बड़ी खुदरा व्यवसाय की कम्पनी बन गई है। व्यवसाय के बारे में जैफ़ बेज़ोस की सोच हमेशा दूसरों से अलग रही है। व्यवसाय के बारे में जैफ़ बेज़ोस क्या सोचते हैं या क्या कहते हैं? उनकी बातों को यहां पर एकत्र किया गया है। पढ़ते हैं व्यवसाय के सम्बन्ध में जैफ़ बेज़ोस के विचार।

- हम केवल उन्हीं क्षेत्रों में धन खर्च करते हैं जो हमारे ग्राहकों से सम्बन्धित होते हैं।
- हमने टेलीविजन पर विज्ञापन देना बन्द कर दिया है क्योंकि हम जितना विज्ञापन पर खर्च करते थे उसी धनराशि का उपयोग हम मूल्यों को कम करने और मुफ्त डाक सेवा में खर्च कर रहे हैं और हमारी यह नीति सफल रही है।
- हम अपने ग्राहकों को पार्टी में आमन्त्रित मेहमान मानते हैं और स्वयं को उनका मेज़बान। यह हर दिन का और हर महत्वपूर्ण कार्य के लिए हमारी नीति है। हम मानते हैं कि छोटा टुकड़ा या धीरे-धोरे चूसना हमेशा अच्छा होता है।
- सबसे अच्छी ग्राहक सेवा वह है जिसमें ग्राहक को न आपसे सम्पर्क करना पड़े और न बात करनी पड़े। सेवा अपना काम चुपचाप करती रहे।
- व्यवसाय में दो प्रकार की कम्पनियाँ होती हैं एक वे जो ज्यादा लाभ कमाना चाहती हैं और दूसरी वे जो कम लाभ कमाना चाहती हैं। हमारी कम्पनी दूसरी श्रेणी की कम्पनियों में आती है।
- ब्राण्ड किसी कम्पनी के लिए वैसा ही होता है जैसे किसी व्यक्ति

की प्रतिष्ठा या ख्याति होती है। आप कठिन कामों को बेहतर तरीके से करके ख्याति कमाओ।

- व्यवसाय में एक साधारण-सा सवाल पूछा जाता है कि "क्यों?" यद्यपि यह अच्छा सवाल है लेकिन इसी की भांति एक दूसरा सवाल भी महत्वपूर्ण है कि "क्यों नहीं?" मैं दूसरे सवाल पर विश्वास करता हूँ।
- यदि व्यवसाय में आप की नीति प्रतिद्वन्दी आधारित है तो आपको तब तक प्रतीक्षा करनी होगी जब तक आपका प्रतिद्वन्द्वी कुछ करे। लेकिन यदि आपकी नीति ग्राहक आधारित है तो आप आगे रहकर अग्रणी बन सकते हैं। आपको अपने प्रतिद्वन्द्वी की प्रतीक्षा करने की आवश्यकता नहीं पड़ेगी।
- हम केवल ग्राहकों के लिए पुस्तकें ही नहीं उपलब्ध कराते वरन पुस्तकों के लिए ग्राहक भी ढूँढ़ते हैं।
- यदि आप अपने व्यवसाय का सब कुछ नहीं जानते तो समझिए कि आप असफल होने जा रहे हैं।
- मैं किसी दूसरे के किए हुए काम में अपनी उपयोगी ऊर्जा को खर्च नहीं करना चाहता।
- जो लोग साधन सम्पन्न नहीं हैं उनको सहयोग देने के लिए जिन्दगी बहुत छोटी है।
- हमने ऐमज़ॉन में तीन बड़े विचार रखे हैं और पिछले 20 वर्षों से हमारी सफलता के लिए यही विचार आधार बने हुए हैं। वे हैं, ग्राहक को पहला स्थान, फिर खोज और तीसरा है धैर्य रखो।
- जो चीजें ग्राहक के विकास में सहायक नहीं हैं उन्हें क्रय करने के लिए उसे प्रेरित करना या जबरन बेच देना ग्राहक के साथ सरासर धोखा है।

- किसी चीज को विकसित करने में खतरा कहाँ नहीं है।
- अधिक आय, अधिक लाभ, पूंजी की अधिक चंचलता और अन्ततः पूंजी पर जबरदस्त कमाई – यही सब बाजार पर कब्जा करने के परिणाम हैं।
- जो चीज मुझे आगे बढ़ने के लिए प्रेरित करती है वह प्रेरणा का एक साधारण रूप है। और वह है कि अन्य लोग मेरे लिए कहते हैं कि मुझे प्रेरित करना बहुत आसान है।
- यदि आपने कुछ अच्छा किया है तो उसके लिए आपको कुछ बताने की जरूरत नही है क्योंकि ग्राहक आपस में एक दूसरे को बताते हैं। मुंहामुंह विज्ञापन सबसे ताकतवर होता है।
- भौतिक खुदरा व्यापार में जगह का बहुत महत्व होता है। यही कारण है कि व्यवसाय शुरू करने के लिए पुराने लोग तीन बार कहते थे – लोकेशन, लोकेशन, लोकेशन।
- कोई भी बिजनेस प्लान पहली बार में ही वास्तविकता के सामने टिक नहीं पाएगा क्योंकि वास्तविकता प्लान से अलग होती है। वास्तविकता कभी प्लान नहीं होती।
- पुराने समय में किसी अच्छे उत्पाद या सेवा को बनाने में 30 प्रतिशत समय लगता था और 70 प्रतिशत समय उसके लिए शोर मचाने अर्थात् प्रचार-प्रसार में लगता था। आज के समय में इसका उल्टा होता है।
- हमारी नीति यह होनी चाहिए कि हमारा प्रतिद्वन्द्वी हमारे ऊपर नज़र रखे जबकि हमारी नज़र ग्राहक के ऊपर हो, तो हमारे लिए सब-कुछ अच्छा होगा।
- यदि आप नहीं चाहते कि किसी अच्छे काम के लिए आपकी आलोचना हो तो आप कोई नया काम मत कीजिए।
- एक कम्पनी होने के नाते हमें इस सच्चाई को स्वीकार कर

लेना चाहिए कि यदि आप आविष्कार करने जा रहे हैं तो सभी बाधाओं को हटाने जा रहे हैं।

- यदि आप केवल उन्ही चीजों पर काम करने का निर्णय लेते हैं जिन्हें आप जानते हैं तो यह निश्चित है कि आप अनेक अवसरों को अपनी मेज पर छोड़ रहे हैं।
- व्यवसाय को बढ़ाने के लिए दो तरीके हैं। पहला यह कि जो आपको अच्छा लगे उसमें अपनी योग्यता का उपयोग करें, दूसरा यह कि ग्राहक की आवश्यकता का पता लगाइए और उस पर लग जाइए, भले ही इसके लिए आपको कुछ नया सीखना पड़े। हमारे द्वारा विकसित किण्डले दूसरी नीति का सबसे बड़ा उदाहरण हैं।
- एक कम्पनी को चमक का आदी नहीं होना चाहिए क्योंकि चमक हमेशा नहीं रहती।
- जब हमारे प्रतिद्वन्दी सुबह खुश मूड में होते हैं तो सोचते हैं कि अपने सबसे बड़े प्रतिद्वन्दी से कैसे आगे निकल जाएं, लेकिन जब हम अच्छे मूड में होते हैं तो सोचते हैं कि ग्राहक के लिए कौन सा आविष्कार करें। हममें और प्रतिद्वन्दियों में यही अन्तर है।
- यदि आप लम्बी दूरी वाली सोच के हैं तो ग्राहक और शेयर होल्डर सभी के हित पूरे होंगे।
- आविष्कार स्वभाव से ही अलग-अलग तरीके के होते हैं। यदि आप इन्हें समझने में ही अपना समय लगा देंगे तो फिर कुछ नया नहीं कर पाएंगे।
- जो लोग हर समय सही होते हैं वे अधिकांश मौकों पर अपनी राय बदल लेते हैं।
- ग्राहक शहंशाह है।

- ग्राहक हमेशा सही होता है।
- हम जो कुछ भी करें, सब ग्राहक के लिए होना चाहिए।
- मेहनत करो, खुश रहो और इतिहास बनाओ।
- हम अपने विज़न के पक्के है और अन्य बातों में लचकदार हैं।
- हम केवल जीवित रहने के लिए नहीं हैं, हम विकास करने के लिए हैं। अतः अपनी सोच का दायरा बढ़ाओ।
- अपने व्यवसाय में हर समय स्पष्ट पकड़ बनाए रखो।
- तथ्य आधारित निर्णय लेने में सबसे बड़ी बात यह होती है कि यह पुराने कामों या पुरानी बातों को बदल देती है।
- एक सवाल हमेशा पूछा जाता है कि अगले 10 वर्षों में क्या बदलने वाला है। यह बहुत साधारण सा सवाल है जिसे सभी पूछते हैं जबकि मैं पूछता हूँ कि अगले 10 वर्षों में क्या नहीं बदलने वाला है? यह दूसरा सवाल ज्यादा महत्वपूर्ण है क्योंकि जो चीजें स्थिर हैं उनके आधार पर आप अपनी व्यवसायिक नीतियाँ बना सकते हैं। ऐमज़ॉन ने यही किया है। खुदरा व्यवसाय में मैं जानता हूँ कि ग्राहक मूल्यों में कमी चाहता है, वैराइटी चाहता है और तत्काल डिलीवरी चाहता है। ये चीजें कभी नहीं बदलेंगी। ऐमज़ॉन ने इन्हीं बातों को ध्यान में रखकर अपनी नीतियाँ बनाईं और आज ग्राहक आकर कहता है "I love amazon."
- यदि आप जिद्दी नहीं हैं तो आप अपने प्रयोग के नतीजे जल्दी दे देंगे। यदि आप लचकदार नहीं हैं तो आप अपना सिर बार-बार दीवार में पटकेंगे और आपको समस्या के समाधान का कोई दूसरा रास्ता दिखाई नहीं देगा।
- हम मूल्यस्फीति की बात करते हैं और मूल्यस्फीति हमें बताती है कि मूल्यों को ऊँचा रखो। मैं ऐसा नहीं करता क्योंकि मेरा

विश्वास है कि मूल्यों को उतना कम करो जितना कर सकते हो, क्योंकि इससे आपके उत्पादों के प्रति ग्राहक का विश्वास बढ़ेगा और आप लम्बे समय में बहुत अधिक नकदी कमा सकेंगे। ऐमज़ॉन यही करता है।

- हम अपनी खोजों को ग्राहक से शुरू करते हैं और उसी के पीछे काम करते हैं।
- आपका मार्जिन ही मेरे लिए अवसर है।
- हमने शुरू में ही सोच लिया था कि हम ग्राहकों को सामान बेचकर उतना लाभ नहीं कमा सकते जितना ग्राहकों के खरीद के निर्णय में सहायता करके कमा सकते हैं। हमने ग्राहकों की खरीददारी का केवल तरीका बदला है।
- यदि आपकी सेवाएँ अच्छी हैं, आप ग्राहक के हित में काम करते हैं तो ग्राहक आपको खोज लेगा। विज्ञापन पर बहुत अधिक धन खर्च करने की जरूरत नहीं है। क्योंकि मुंहामुंह विज्ञापन बहुत प्रभावशाली होता है।
- व्यवसाय में त्वरित निर्णय आवश्यक होता है। जो सेन्स ऑफ अर्जेंसी को पहचान लेगा वह विजयी रहेगा। जब मैंने किताबों का ऑनलाइन बिजनेस शुरू किया था, तब मैं जानता था कि जो पहल करेगा, वही इस बिजनेस का अगुआ रहेगा। ऐमज़ॉन की स्थिति आज आपके सामने है।

4

कैसे हैं जैफ़ बेज़ोस

जैफ़ बेज़ोस के सम्बन्ध में लोगों की तरह-तरह की राय है। कुछ लोग जैफ़ बेज़ोस की प्रशंसा करते हैं दूसरी तरफ कुछ लोग जैफ़ बेज़ोस में कमियाँ गिनाते हैं। बेज़ोस के साथ काम करने वाले कुछ पुराने कर्मचारी बताते हैं कि वह हमेशा बहुत अच्छे सी.ई.ओ. नहीं रहे। वे अपने आधीनस्थों को प्रेरित कर सकते हैं उन्हें भ्रम में रख सकते हैं लेकिन बहुत जल्दी ही क्रोधित और भला बुरा कहने वाले स्वभाव के हैं। वह हमेशा बड़ी पिक्चर देखते है और उसके छोटे से छोटे हिस्से तक चले जाते हैं। वह ब्रिलिएन्ट हैं, कुछ पुराने कर्मचारी तो उन्हें पूजनीय मानते हैं। वे कहते हैं कि वे ग्रेट विजनरी हैं और जानते हैं कि एक साधारण कम्पनी को दुनिया की नम्बर एक कम्पनी कैसे बनाया जा सकता है। यहाँ पर सभी तरह के लोगों की राय को एकत्र किया गया है। आइए पढ़ते हैं कि लोग जैफ़ बेज़ोस के सम्बन्ध में या उनकी कम्पनी ऐमज़ॉन के सम्बन्ध में क्या कहते हैं या कैसे है ज़ैफ बेज़ोस?

- जब बेज़ोस ने मियामी के पालमेट्टो सीनियर हाई स्कूल में प्रवेश लिया था तब उन्होंने अपने सहपाठियों से कहा था कि वह वेलेडिक्टोरियन बनेगा। उसकी बुद्धि, चातुर्य, प्रतिस्पर्धी आदत और आत्मविश्वास को देखकर हम लोगों को उसकी बातों पर विश्वास हो गया था। वास्तव में उसने अपनी प्रबल उपस्थिति दर्ज कराई।

जोसुआ वेंस्टीन, बेज़ोस के हाई स्कूल के दोस्त

- जब बेज़ोस लड़खड़ाकर चलने वाले बच्चे थे, तभी से वे अपना अलग संसार बनाने में व्यस्त रहते थे। अपनी 3 वर्ष की उम्र में ही उन्होंने अपने पालने को बिस्तर में बदल दिया था क्योंकि वे महसूस करते थे कि अब उनकी उम्र पालने में लेटने वाली नहीं रही। इस तरह के पागलपन के काम करने के बाद भी उनका परिवार उनका उत्साह बढ़ाता रहा।

जोसेफ शेरमन, लेखक

- ऐमज़ॉन की पब्लिक रिलेशन स्टाइल बड़ी ही कन्जूस प्रवृति की है। बेज़ोस की कम्यूनिकेशन नीति सबसे अलग है। बेज़ोस प्रेस रिलीज, प्रोडक्ट विवरण, वार्ताएं और शेयर होल्डर को जाने वाले पत्रों में स्वयं लाल स्याही से उन पंक्तियों को काट देते हैं जो सीधे तरीके से और सकारात्मक रूप से अपने ग्राहकों से नहीं कही गई होती हैं। ऐमज़ॉन में केवल वही बातें कही जाती हैं जो बेज़ोस की लाल स्याही से बच जाती हैं। बेज़ोस केवल नए प्रोडक्ट के प्रचार के लिए ही इंटरव्यू देते हैं।

जॉन डोयरे, वेंचर कैपिटिटलिस्ट

- एक चीज बेज़ोस ने कभी नहीं खोई और वह है अपना आत्मविश्वास। यदि कोई चीज या कार्य उनके मन को भा गया तो उससे डिगाना सम्भव नहीं है।

- बेज़ोस पब्लिक के सामने नहीं आते। यदि कभी आना भी पड़ा तो संक्षेप में टु दि प्वांइट बात करते हैं। वे मीडिया के सामने भी कभी कभार ही आते हैं। हाई स्कूल और प्रिन्सटन में पढ़ाई के दौरान भी वे सोशल नहीं रहे। प्रिन्सटन में वे अपने किसी सामाजिक या विद्यार्थी जीवन के काम के लिए याद नहीं किए जाते। उनकी हाई स्कूल के समय केवल एक गर्ल-फ्रेंड थी लेकिन यह सम्बन्ध भी कॉलेज स्तर तक नहीं चल पाया। महिलाओं के लिए वे हमेशा अनाकर्षक रहे।
- कुछ लोग आरोप लगाते हैं कि जैफ़ बेज़ोस अन्य कम्पनियों और तेज गति से बढ़ते हुए व्यवसायों की जासूसी के खेल में माहिर हैं। वे अपने प्रतिद्वन्द्वियों पर पैनी नजर रखते हैं। कुछ लोग तो उनकी जासूसी वाले कोड को भी बताते हैं। उनका कोड है 'Ffej sozeb'।
- ऐमज़ॉन में ग्राहकों का दर्जा सर्वोपरि है। वहां ग्राहकों की बात सुनी जाती है। ऐमज़ॉन का एक पब्लिक ई-मेल है जिसमें ग्राहक ऐमज़ॉन के उत्पाद या सेवा की शिकायत कर सकते हैं। यदि कोई शिकायती ई-मेल प्राप्त होता है तो बेज़ोस उसे ध्यान से पढ़ते हैं और अपना प्रश्नवाचक चिह्न लगाकर सम्बन्धित अधिकारी को भेज देते हैं। जैसे ही प्रश्नवाचक चिह्न वाला ई-मेल सम्बन्धित अधिकारी को मिलता है, वह समझ जाता है कि बेज़ोस का ई-मेल बम है क्योंकि कुछ ही घण्टों में उस शिकायत के सम्बन्ध में स्पष्टीकरण या समाधान बेज़ोस के समक्ष प्रस्तुत करना होता है। त्रुटि होने पर दण्ड मिलता है त्रुटि न होने पर ग्राहक को ई-मेल भेजा जाता है।
- जैफ़ बेज़ोस ने ऑनलाइन शॉपिंग की खोज नहीं की वरन् अपनी बुद्धि और चातुर्य से इंटरनेट का उपयोग करके मल्टी बिलियन डॉलर वाली कम्पनी खड़ी कर दी।

- बेज़ोस आत्मविश्वास में मुहम्मद अली की तरह, जोश और उत्साह में जॉन कैनेडी की तरह और दिमाग के मामले में थॉमस एडीसन हैं।
- जैफ़ बेज़ोस अमेरिकन बिजनेस मैगनेट और इन्वेन्टर हैं। वह टेक्नोलॉजी एण्टरप्रिन्योर हैं और ई-कामर्स के उत्थान में उन्होंने महत्पूर्ण भूमिका निभाई है। उनके नेतृत्व में ऐमज़ॉन नाम की कम्पनी जिसने ऑनलाइन किताबों की बिक्री शुरू की थी वह आज दुनिया की सबसे बड़ी ऑनलाइन रिटेलर कम्पनी बन गई है, और किताबों के साथ सब कुछ बेचती है।
- बेज़ोस अपनी ठहाकेदार हंसी के लिए प्रसिद्ध हैं। कभी-कभी उनकी यह हंसी दूसरों के लिए भय और दण्ड का कारण भी होती है। उनकी पत्नी मैकेंज़ी कहती हैं कि बेज़ोस की इसी हंसी के कारण वे उनसे प्यार कर बैठीं। बेज़ोस के छोटे भाई-बहन उनके साथ मूवी देखने नहीं जाते थे। क्योंकि उन्हें बेज़ोस की हंसी के कारण मूवी देखने में परेशानी होती है। यह हंसी शायद उन्हें अपने जैविक पिता टेड जोरगेनसन से विरासत में मिली

है क्योंकि कुछ लोगों का कहना है कि इसी तरह की हंसी टेड जोरगेनसन भी हंसते हैं।

- जब बेज़ोस अपने कर्मचारियों से नाराज़ होते हैं, तब उनके द्वारा कुछ खास वाक्य बोले जाते हैं जैसे –

  – Do I need to go down and get the certificate that says I am CEO of the company to get you to stop challenging me on this?

  – If I hear that idea again, I am gonna have to kill myself.

  – Why are you wasting my life?

  – I am sorry, did I take my stupid pills today?

  – Are you lazy or just incompetent?

  – Are you trying to take credit for something you had nothing to do with?

- जैफ़ हमेशा बहुत सारा धन कमाना चाहते हैं। उनकी हाई स्कूल की गर्ल-फ्रेंड इस बात को दूसरी तरह से कहती हैं। वे कहती हैं कि "यह केवल धन के सम्बन्ध में नहीं वरन् वह भविष्य को परिवर्तित करने के लिए देखते हैं कि धन के सम्बन्ध में क्या किया जा सकता है।"

- जैफ़ को टेक्नोलॉजी की ताकत पर बहुत भरोसा है। वे ऐमज़ॉन के द्वारा कमाए गए लाभ को ऐमज़ॉन में ही निवेशित करते रहते हैं ताकि ऐमज़ॉन मजबूत होती रहे। उन्हें टेक्नोलॉजी और लम्बे समय के निवेश पर बहुत यकीन है। वे कई कार्य अचानक और लोगों को चौंकाने वाले करते हैं। जैसे उन्होंने अगस्त 2013 में अचानक वाशिंगटन पोस्ट नामक अखबार को स्वयं के धन से खरीद लिया और ब्लू ऑरिजिन नाम से एक नई कम्पनी चला रहे हैं। उनका मानना है कि उन्हें इनमें भविष्य दिखाई दे रहा है।

- यदि मीटिंग बेज़ोस के मनपसन्द नहीं चल रही है या मीटिंग के बीच में कोई फोन आ जाता है तो बेज़ोस नाराज होकर बैठक को बीच में ही छोड़कर चले जाते हैं। वे अपनी मेज पर बड़ी तेज आवाज़ में कर्मचारियों को डांटते हैं। वे चाहते हैं कि उनकी बात उसी प्रकार मानी जाए जैसे कोई कोर्ट का ऑर्डर हो।
- जब ऐमज़ॉन ने अपनी मिलियन्थ बुक बेची तो इसे ग्राहक तक पहुंचाने के लिए जैफ़ व्यक्तिगत रूप से गए थे।
- ऐमज़ॉन की सफलता में कई बातें शामिल हैं जैसे आधुनिक टेक्नोलॉजी का उपयोग, बृहद चयन की सुविधा, उच्च स्तर की ग्राहक सेवा, तुलनात्मक कम मूल्य और ग्राहक ही सर्वोपरि है के सिद्धान्त का पालन। ऐमज़ॉन के सॉफ्टवेयर में ऑनलाइन बुक खरीदना आसान है। एक तो ग्राहक को बुक स्टोर तक नहीं जाना पड़ता, ऑनलाइन खरीद 24 घण्टे की जा सकती है। इन्हीं सब कारणों से ऐमज़ॉन ऑनलाइन की सबसे बड़ी कम्पनी बन गई है।
- बेज़ोस की कम्पनी बैठकों में न कोई पावर प्वाइन्ट प्रजेन्टेशन होता है, न कोई भाषण होता है। सभी को बैठक में 6 पेज का मीमो लिखना होता है। बेज़ोस का मानना है कि लिखते समय प्रबन्धकों का ध्यान भंग नहीं होता और वे नये-नये विचार लिखते हैं। वे बैठकों में बातचीत करने या आपस में सम्पर्क रखने के विरोधी हैं। उनकी मीटिंग में सन्नाटा रहता है हर कोई मीमो पढ़ता नजर आता है। आज तक कोई यह अन्दाजा नहीं लगा सका है कि बेज़ोस क्या चाहते हैं।
- बेज़ोस अपनी कम्पनी में कर्मचारियों को लम्बे समय तक काम करने के लिए प्रेरित करते हैं। यही कारण है कि वे अधिकांश कर्मचारियों को ऐमज़ॉन के शेयर देते हैं ताकि कर्मचारी भी अपने आप को कम्पनी के मालिक समझे। उनका मानना है कि

कर्मचारी का प्रेरित रहना जरूरी है। अतः उनका हर तरह से ध्यान रखा जाना चाहिए।

- बेज़ोस काम के लिए जो टीम बनाते हैं उसका आकार बहुत ही छोटा रखते हैं। इसे वे दो पिज्जा नीति कहते हैं। उनका मानना है कि यदि टीम का पेट दो पिज्जा से नहीं भर सकता तो फिर वह टीम बड़ी है और बड़ी टीम अपना समय बहस, वार्ता आदि में बर्बाद करती है।
- बेज़ोस सप्ताह में दो दिन का अपना समय खाली रखते हैं। इस खाली समय में वे नए-नए विचारों और नई टेक्नोलॉजी के सम्बन्ध में सोचते हैं इसके लिए या तो वे इंटरनेट पर नई-नई चीजें सर्च करते हैं या व्यक्तिगत मीटिंगें रखते हैं। बेज़ोस भविष्य पर अपनी नज़र जमाए रखते हैं।
- बेज़ोस अपने जूनियर्स के साथ तिमाही मीटिंग करते हैं और पूर्व निर्धारित 12 बिन्दुओं पर समीक्षा करते हैं। समीक्षा के दौरान वे इस बात का मूल्याकंन करते हैं कि गत तीन माह में जो कार्य किए गए है वे उनके दूरगामी लक्ष्यों से मेल खाते हैं या नहीं।
- इसमें कोई सन्देह नहीं है कि जैफ़ एक अति बुद्धिमान और मजबूत विजन वाले व्यवसायी हैं और अपनी कम्पनी को मनचाही स्थिति में ले जाना चाहते हैं। वह एक अच्छे सूक्ष्म मैनेजर हैं जो हमेशा कठोर मेहमत के पक्ष में रहते हैं। यही कारण है कि कम्पनी के शुरुआती कर्मचारी अभी भी ऐमज़ॉन में काम कर रहे हैं। दूसरी ओर वे एक तुनकमिजाज़ी है और एक बुरी आदत यह है कि वे दूसरों के सामने अपने अधिनस्थों को डाँटते हैं।

कफान, पूर्व कर्मचारी

- बेज़ोस का एक असाधारण रूप भी है जो उन्होंने अपनी नौकरी

के दौरान प्रदर्शित किया। वे एक उत्कृष्ट मैनेजर हैं। उनमें बहुत ज्यादा ऊर्जा है जिसके कारण वे सभी से आगे रहते है। वे हमेशा उछल कर आपसे आगे जाने की कूवत रखते हैं।

चिचिल निस्की, पूर्व इम्प्लायर

- बेज़ोस एक अरूढ़िवादी मैनेजर हैं। वे पुरानी और रटी-रटाई बातों पर विश्वास नहीं करते। एक बार एक मैनेजर ने उनसे कह दिया कि कर्मचारियों का आपसी संवाद बढ़ गया है। बेज़ोस अचानक खड़े हो गए और बोले, आपसी संवाद खतरनाक है इसे तत्काल रोको। उन्होंने कहा मैं चाहता हूँ कि हर कर्मचारी अपने स्वयं के नए विचारों के साथ आगे आए। वे ग्रुप थिंकिंग के विरोधी हैं।

जैफ़ बेज़ोस के सम्बन्ध में बहुत कुछ कहा जा सकता है लेकिन यह मानना पड़ेगा कि वे एक कठोर मेहनती और मजबूत इच्छा शक्ति वाले एन्टरप्रिन्योर हैं।

5

टाइम-लाइन

टाइम-लाइन में किसी व्यक्ति या संस्था के जीवन की सिलसिलेवार घटनाओं का वर्णन होता है। इससे जीवन के उतार-चढ़ाव का पता लगता है। यहां पर दो टाइम-लाइनों का वर्णन किया जा रहा है।

(क) ऐमज़ॉन.कॉम की टाइम-लाइन

स्थापना से लेकर अब तक ऐमज़ॉन.कॉम की मुख्य-मुख्य घटनाएं निम्नलिखित हैं।

1994 : जैफ़ बेज़ोस ने कैडब्रा नाम से कम्पनी स्थापित की।

1995 : कम्पनी का नाम ऐमज़ॉन.कॉम रखा गया और केवल ऑनलाइन किताबें बेचने का व्यवसाय शुरू किया गया।

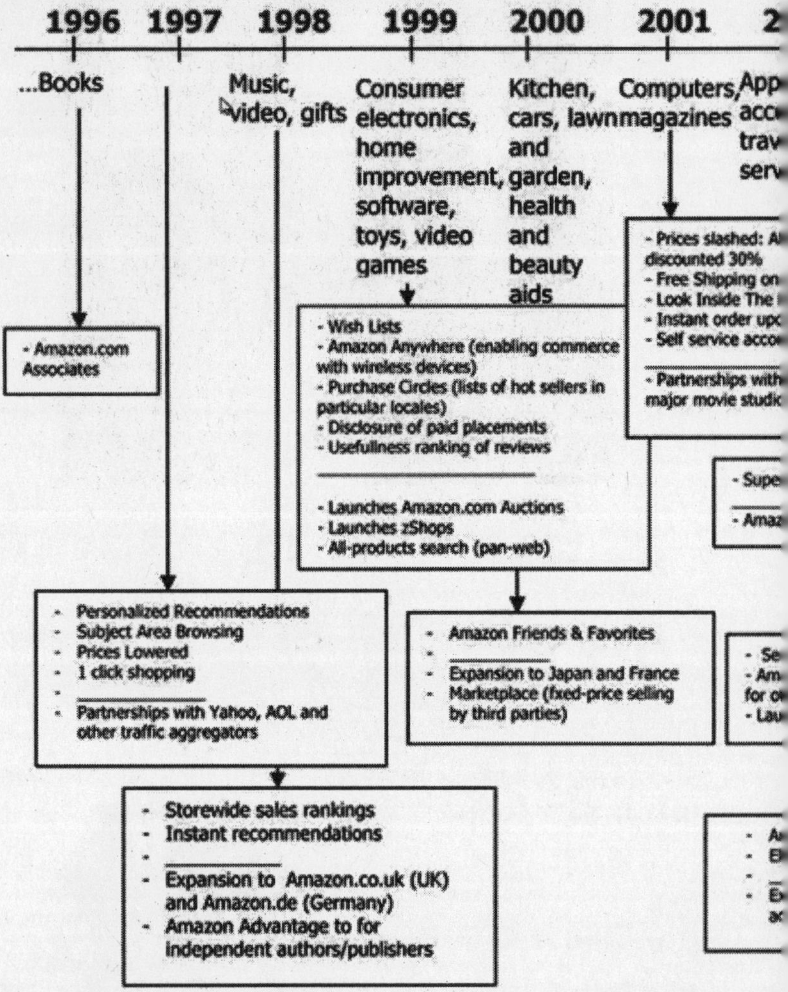

जुलाई माह में पहली किताब बेची। किताब का नाम था Fluid Concepts and Creative Analogis Computer Models of the Fundamental Mechanisms of Thought by Douglas Hofstadler.

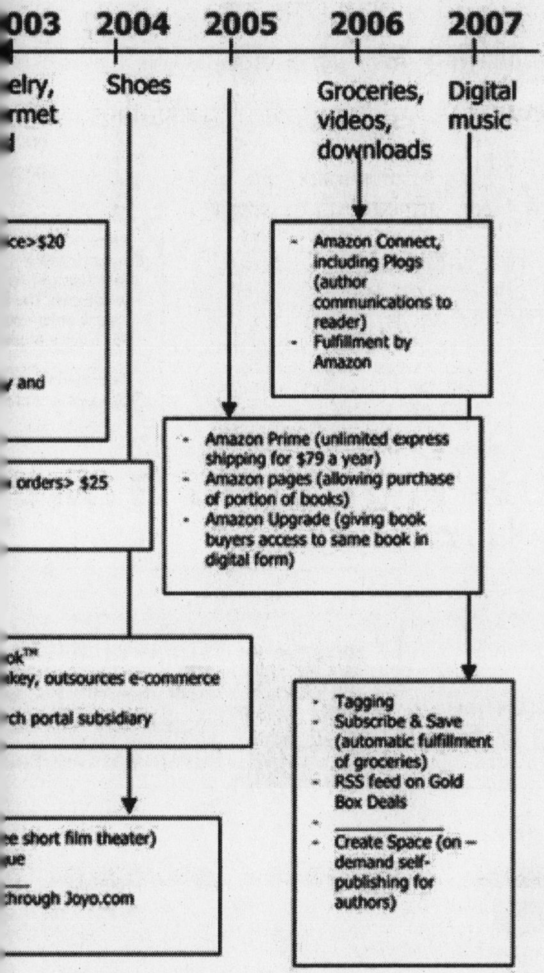

1996 : एशोसिऐट प्रोग्राम लॉन्च किया गया।

- टाइम पत्रिका ने ऐमज़ॉन.कॉम को 10 बेस्ट वेबसाइट में शामिल किया।

1997 : ऐमज़ॉन का IPO आया। शेयर का मूल्य 18 डॉलर प्रति शेयर रखा गया।

- 1 Click TM लॉन्च किया गया।

- न्यू कैस्टिल में फुलफिलमेन्ट सेन्टर खोला गया।

1998 : एडवान्टेज प्रोग्राम लॉन्च किया गया।

- Amazon. co. uk एवं Amazon. de(Germany) लॉन्च किया गया।

- DVD एवं वीडियो स्टोर खोला गया।

1999 : नेवादा में फुलफिलमेन्ट सेन्टर खोला गया।

- Amazon. com Auction लॉन्च किया गया।
- कन्सास में फुलफिलमेन्ट सेन्टर खोला गया।
- केन्टुकी के कैम्पबेलविले एवं लेक्सिंगटन में फुलफिलमेन्ट सेन्टर खोले गए।
- अलेक्सा इंटरनेट का अधिग्रहण किया गया।
- 1-lclick को पेटेन्ट मिला।
- कस्टमर सर्विस सेन्टर खोला गया।

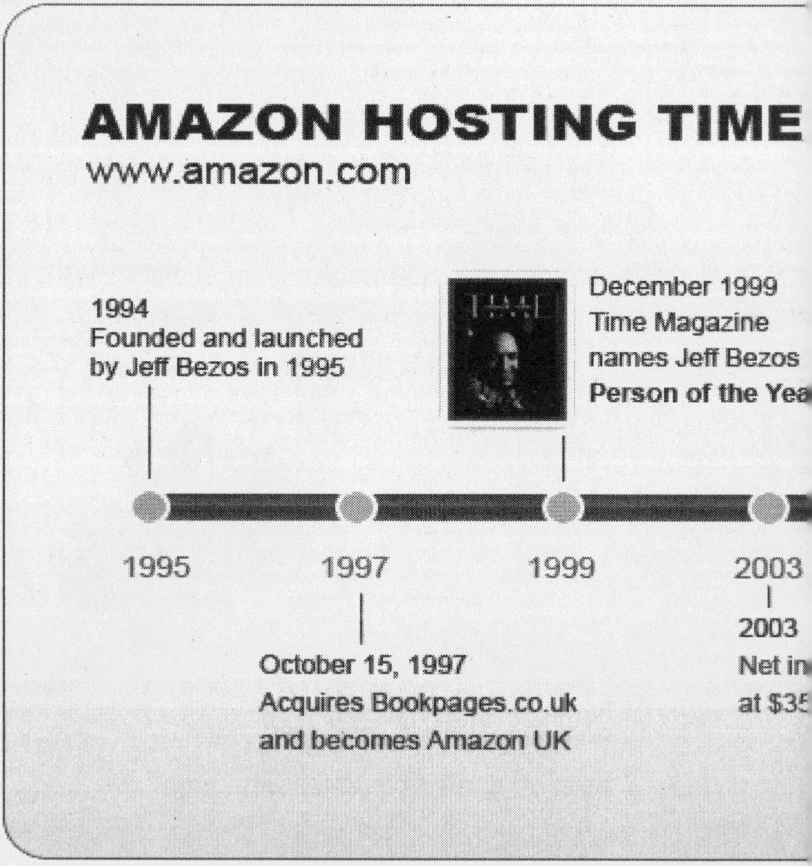

- टाइम पत्रिका ने जैफ़ बेज़ोस को “पर्सन ऑफ़ दि इयर” घोषित किया।

2000 : बेस्ट वर्जिनिया के हन्टिगटन में ग्राहक सेवा केन्द्र खोला गया।

- किचेन स्टोर खोला गया।
- Toys "R US के साथ गठबन्धन किया गया।
- पहला मुफ्त सुपर सेवर आफर लॉन्च किया गया।

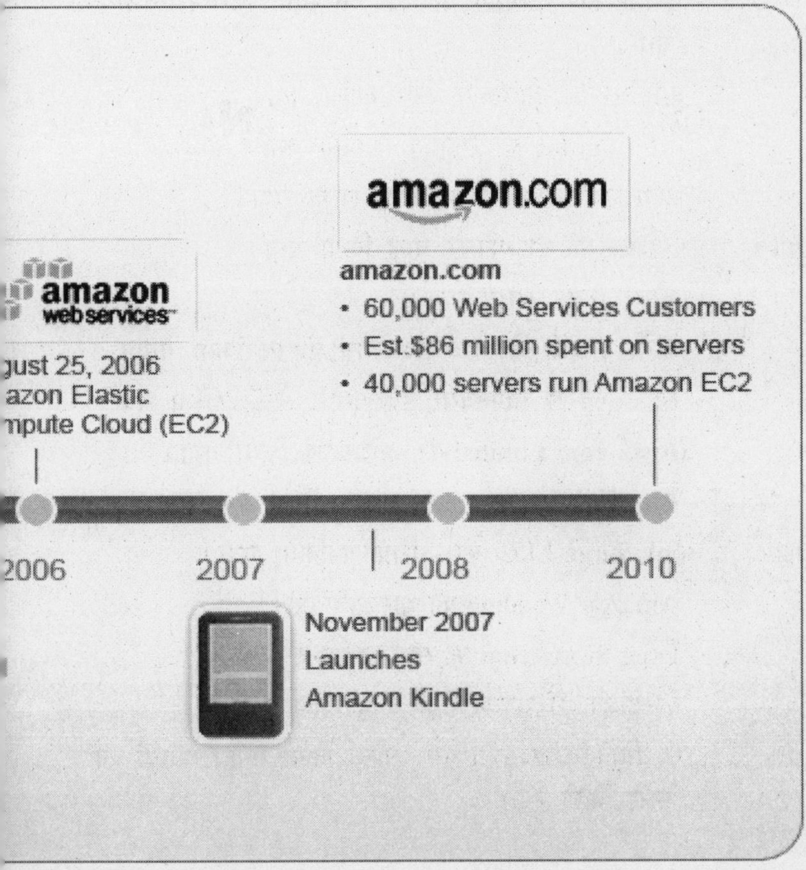

2001 : बार्डर्स ग्रुप के साथ गठबन्धन किया गया।

- स्टोर पिकअप शुरू किया गया।
- टारगेट स्टोर्स के साथ गठबन्धन किया गया।

2002 : ऐमज़ॉन ने पहली बार लाभ कमाया।

- Amazon. ca लॉन्च किया गया।
- गारमेन्ट स्टोर खोला गया।

2003 : नेशनल बास्केट बॉल के साथ गठबन्धन हुआ।

- Amazon Servies, inc को सहायक कम्पनी बनाया गया।
- स्पोर्टस एवं आउटडोर स्टोर खोला गया।
- A9.Com.Inc को सहायक कम्पनी बनाया गया।
- हेल्थ एवं पर्सनल केयर स्टोर खोला गया।

2004 : प्रेसीडेंशल कैंडीडेट फीचर चालू किया गया।

- ज्वैलरी स्टोर खोला गया।
- बॉम्बे कम्पनी के साथ गठबन्धन घोषित किया गया।
- स्कॉटलैण्ड में सॉफ्टवेयर डेवलपमेन्ट सेन्टर खोला गया।
- Joyo. com Limited का अधिग्रहण किया गया।
- सर्च बॉक्स के लिए टूलबार शुरू किया गया।

2005 : Book Surge LLC का अधिग्रहण किया गया।

- Amazon Wedding की शुरुआत हुई।
- Drug Store .com के साथ एग्रीमेन्ट हुआ।
- केन्नीविक में ग्राहक सेवा केन्द्र खोला गया।
- न्यू गिफ्टिंग एक्सपीरियन्स लॉन्च किया गया। घड़ियों की भारी बिक्री हुई।

2006 : Snopbop.com का अधिग्रहण किया गया।

- सिम्पल स्टोर सर्विस (S3) लॉन्च किया गया।
- कस्टमफिलक्स के साथ मीडिया गेटवे प्रोग्राम आयोजित हुआ।
- ग्रोसरी स्टोर खोला गया।

2007 : जूतों और हैण्डबैग के लिए Endless.com लॉन्च हुआ।

- Joyo.com का नाम Joyo/Amazon रखा गया।
- अन्तर्राष्ट्रीय स्तर पर ज्वैलरी और घड़ियों का स्टोर खोला गया।
- Amazon MP3 लॉन्च किया गया।
- इण्डियाना के मुन्स्टर में फुलफिलमेन्ट सेन्टर खोलने का निर्णय लिया गया।
- Kindle and Askville.com लॉन्च किया गया।
- J.K. Rowling की "The Tales of Beedle the Bard' खरीदी गई।

2008 : Audible.com को खरीदा गया।

- Boxoffice Mojo.com को खरीदा गया।
- Abe Books.com को अधिग्रहीत किया गया।
- इलेक्शन 2008 स्टोर, मोटर साइकिल एण्ड ATV स्टोर लॉन्च हुआ।
- Amazon Ec2 फॉर विन्डोज़ लॉन्च हुआ।
- Amazon Cloudfront लॉन्च हुआ।
- Public Data Sets on AWS शुरू हुआ।

2009 : इनोग्रेशन स्टोर शुरू हुआ।

- Amazon Kindle-2 शुरू हुआ।
- i phone and ipod Vp के लिए Kindle एप्लीकेशन की शुरुआत हुई।
- Tom Douglus by Pinzon शुरू हुआ।
- Zoppos.com खरीदा गया।
- एंड्रॉयड के लिए मुफ्त शॉपिंग एप्लीकेशन लॉन्च हुई।
- लोकल एक्सप्रेस डिलीवरी सर्विस लॉन्च हुई।
- ऐमज़ॉन वेब सर्विस को एशिया तक बढ़ाया गया।
- बेस्ट सेलर्स आरचीव लॉन्च हुआ।

2010 : Kindle DX ग्लोबल वायरलेस की शुरुआत हुई

- ब्लैकबेरी के लिए Kindle की घोषणा हुई।
- Kindle for Mac की शुरुआत हुई।
- I Pod के लिए Kindle एप्लीकेशन की शुरुआत हुई।
- New Generation Kindle की घोषणा हुई।
- Amazon Mom प्रोग्राम लॉन्च हुआ।
- Buy VIP . com का अधिग्रहण हुआ।
- लिविंग सोशल में 175 मिलियन डॉलर का निवेश किया गया।
- Amazon. it (Italy) लॉन्च हुआ।

2011 : LOVE FILM इन्टरनेशनल लिमिटेड का अधिग्रहण हुआ।

- प्राइम इन्स्टैन्ट वीडियो की घोषणा हुई।
- Amazon Cloud Drive, Amazon Cloud Player for Web की घोषणा हुई।

- MYHABIT .Com की घोषणा हुई।
- Amazon local की घोषणा हुई ।
- Kindle Cloud Reader लॉन्च हुआ।
- Kindle fire, Kindle Touch and Kindle Touch 3G लॉन्च हुए।
- Amazon Silk शुरू हुआ।
- Kindle Owners Lending Library की शुरुआत हुई।

2012 : Amazon DynamoDB लॉन्च हुआ।

- स्पोर्टस क्लेक्टिबिल स्टोर लॉन्च हुआ।
- Kiva का अधिग्रहण हुआ।
- Amazon सप्लाई की शुरुआत हुई।
- Avalon Books का प्रकाशन हुआ।
- गेम्स सर्किल एण्ड गेम्स कनेक्ट की शुरुआत हुई।
- Amazon Glacier लॉन्च हुआ।
- Text Book Rental की घोषणा हुई।
- New Kindle Paper White की शुरुआत हुई।
- New Kindle Five HD Family की शुरुआत हुई।
- Kindle For window-8 लागू किया गया।
- Amazon Redshift की घोषणा हुई।
- वीडियो गिफ्ट कार्ड की घोषणा हुई।
- Amazon Wine की शुरुआत हुई।

2013 : Dupont में फुलफिलमेंट सेंटर की स्थापना।

- फ्रेंड्स एण्ड फेमिली गिफ्टिंग लॉन्च किया गया।
- टैक्सास में तीन फुलफिलमेंट सेंटर खोले गए।

- I VONA सॉफ्टवेयर का अधिग्रहण किया गया।
- Amazon Auto Rip की घोषणा हुई।
- इन्टरटेनमेन्ट कलेक्टिबिलस स्टोर की घोषणा।
- AWS ops works लॉन्च हुआ।
- Amazon coins लॉन्च हुआ।
- Goodreads का अधिग्रहण हुआ।
- 50+ एक्टिव एण्ड हेल्थी लिविंग स्टोर लॉन्च हुआ।
- Kindle worlds का प्रकाशन शुरू हुआ।
- Amazon Birthday Gift की शुरुआत हुई।
- Amazon Storyteller की शुरुआत हुई।
- 5000 नई नौकरियाँ दी गईं।
- Maxico Kindle Store लॉन्च हुआ।
- Amazon Art की शुरुआत हुई।
- Kindle Match book की शुरुआत हुई।

(ख) जैफ़ बेज़ोस की टाइम-लाइन

जैफ़ बेज़ोस के जीवन की प्रमुख-प्रमुख घटनाएं निम्नलिखित प्रकार से हैं –

1964 : 12 जनवरी को अलबुकर्क न्यू मैक्सिको में जन्म।

1968 : सौतेले पिता माइक बेज़ोस ने गोद लिया।

1980 : प्राइज विनिंग निबन्ध के लिए NASA स्पेस सेटर की टिप जीता।

1982 : मियामी पालमेट्टो हाई स्कूल से पढ़ाई पूरी की और बेलेडिक्टेरियन घोषित हुए।

Bio Box

1964	Born Jeffrey Preston Jorgensen in Albuquerque.
1968	Adopted by Miguel Bezos, changes name to Jeffrey Bezos. Family moves to Houston.
1982	Graduates as valedictorian of Miami's Palmetto Senior High School.
1986	Graduates Princeton University with degrees in computer science and electrical engineering.
1990	Joins Wall Street quantitative hedge fund D. E. Shaw & Co.
1994	Leaves D. E. Shaw and incorporates Cadabra (original name for Amazon) in Washington State.
1995	Bezos and first employee Shel Kaphan send out links to the Amazon.com beta website.
1997	Amazon goes public, raises $54 million, at a valuation of $438 million.
1998-2000	Amazon raises $2.2 billion in debt.
2000	Bezos is named *Time* magazine Man of the Year.
2000	Incorporates Blue Origin, his private space research company devoted to lowering the cost of access to space.
2007	Introduces the Kindle, the pioneering electronic reading device.
2013	Buys the *Washington Post* newspaper for $250 million.

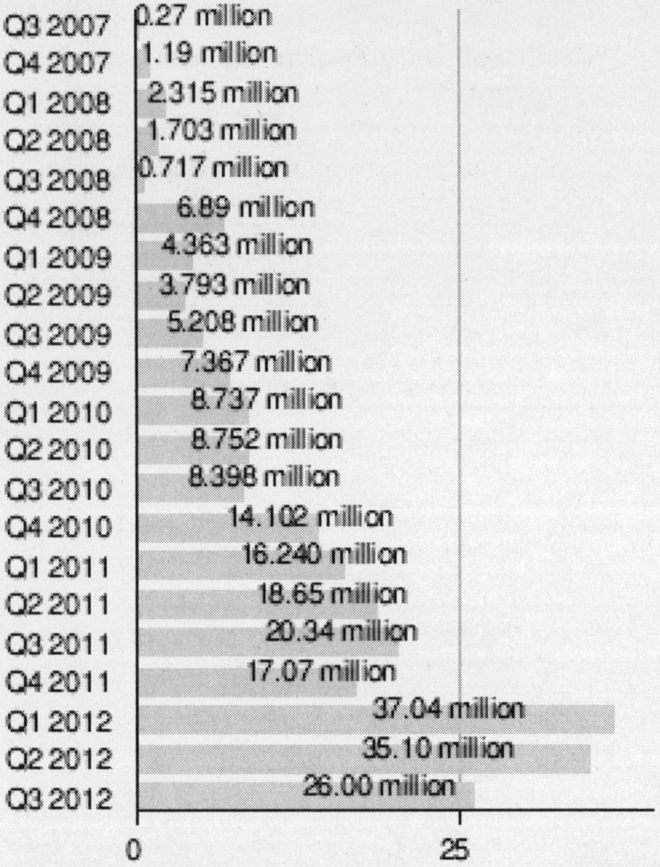

Worldwide iPhone sales by Apple's fiscal quarters (Q1 2012 = Oct–Dec 2011).

1984 : नॉर्वे में समर जॉब किया।

1985 : समर जॉब के रूप में IBM प्रोग्राम में काम किया।

1986 : प्रिन्सटन से बैचलर डिग्री प्राप्त की

1986 : सितम्बर माह में FITEL के कर्मचारी हुए।

1988 : बैंकरट्रस्ट में नौकरी ज्वाइन की।

1990 : D.E. Shaw & Co. में नौकरी ज्वाइन की।

1992 : DESCO में सीनियर वाइस प्रेसीडेन्ट हुए।

1993 : मैकेंज़ी टयूटिल (Mackenzi Tuttle) से शादी की।

1994 : कैडब्रा नाम की कम्पनी की अपने गैराज में स्थापना की।

1995 : Amazon. com inc नाम की कम्पनी निगिमित कराई ।

1997 : ऐमज़ॉन का IPO आया।

1998 : ऐमज़ॉन ने 10 लाखवीं किताब बेची।

1999 : टाइम पत्रिका ने "पर्सन ऑफ़ दि इयर" घोषित किया।

2000 : ब्लू ओरिजिन नामक कम्पनी की स्थापना की।
पुत्र का जन्म हुआ। नाम प्रेस्टन रखा गया।

2001 : अमेरिकन एकादमी ऑफ अचीवमेंट से जुड़े।

2003 : एक हेलीकाप्टर दुर्घटना में बच गए।

2008 : पब्लिशर्स वीकली ने "पर्सन ऑफ़ दि इयर" घोषित किया।

2011 : बेज़ोस सेन्टर फॉर नेचुरल सर्किट डायनाक्सि की स्थापना के लिए प्रिन्सटन यूनीवर्सिटी को 15 मिलियन डॉलर का दान दिया।

2012 : फॉर्चून पत्रिका ने "बिजनेस पर्सन ऑफ़ दि इयर" घोषित किया।

2013 : 'वाशिंगटन पोस्ट' नामक प्रसिद्ध समाचार को खरीदा।

2014 : जनवरी माह में किडनी स्टोन के रोगी घोषित हुए।

मार्च माह में फोर्ब्स पत्रिका की बिलेनियर लिस्ट में 18 वें नम्बर पर रहे। उनकी सम्पत्ति 32 बिलियन डॉलर घोषित की गई।

1964 से 1968 तक अलबुकर्क में रहे।

1968 से 1978 तक हैस्टन टेक्सास में रहे।

1978 से 1994 तक नियामी फ्लोरिडा में रहे।

1994 के बाद सिएटल वाशिंगटन में रह रहे हैं।

6

नाम-पत्रिका

इस अध्याय में ऐमज़ॉन एवं उसके संस्थापक जैफ़ बेज़ोस के सम्बन्ध में त्वरित सूचनाएं दी जा रही हैं, ताकि सब-कुछ एक नज़र में स्पष्ट हो जाए।

(क) ऐमज़ॉन-नामा

कम्पनी	–	पब्लिक कम्पनी
वेबसाइट	–	www.amazon.com
मुख्यालय	–	सिएटल, वाशिगंटन, अमेरिका
संस्थापक	–	जैफ़ बेज़ोस

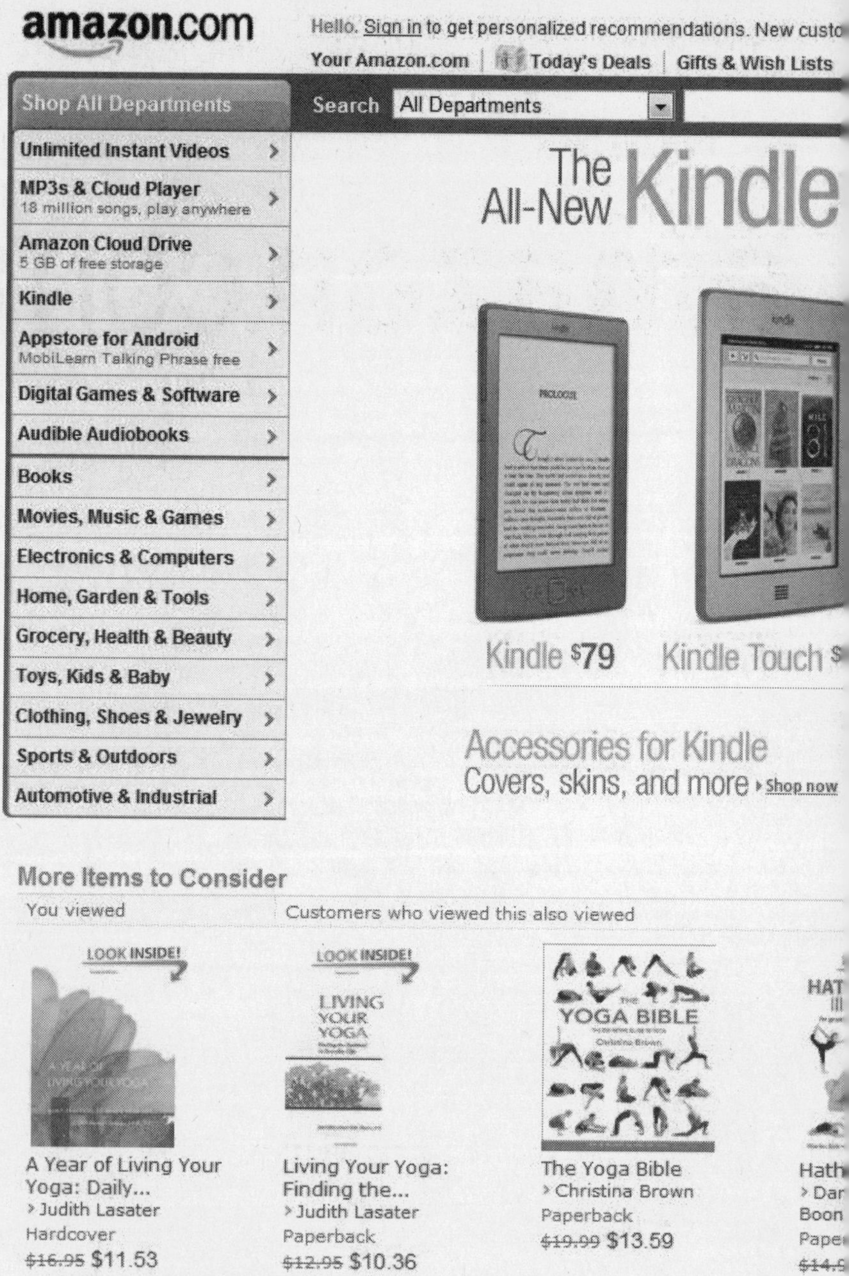
amazon.com
Hello. Sign in to get personalized recommendations. New custo
Your Amazon.com
Today's Deals
Gifts & Wish Lists
Shop All Departments
Search
All Departments
Unlimited Instant Videos
MP3s & Cloud Player
18 million songs, play anywhere
Amazon Cloud Drive
5 GB of free storage
Kindle
Appstore for Android
MobiLearn Talking Phrase free
Digital Games & Software
Audible Audiobooks
Books
Movies, Music & Games
Electronics & Computers
Home, Garden & Tools
Grocery, Health & Beauty
Toys, Kids & Baby
Clothing, Shoes & Jewelry
Sports & Outdoors
Automotive & Industrial
The All-New Kindle
Kindle $79
Kindle Touch
Accessories for Kindle
Covers, skins, and more
Shop now
More Items to Consider
You viewed
Customers who viewed this also viewed
LOOK INSIDE!
LOOK INSIDE!
LIVING YOUR YOGA
THE YOGA BIBLE
A Year of Living Your Yoga: Daily...
Judith Lasater
Hardcover
$16.95 $11.53
Living Your Yoga: Finding the...
Judith Lasater
Paperback
$12.95 $10.36
The Yoga Bible
Christina Brown
Paperback
$19.99 $13.59

New Year, New You: Essentials for 2012
Sponsored by Philips
Your Digital Items | Your Account | Help
GO
Cart
Wish List
mily
ndle Fire $199
Textbooks
Shop now
Kindle Fire
Movies, music, games, web & reading
Only $199
Order now
Advertisement
Returns Are Easy
Visit our self-service Online Returns Center
Learn more
PSVITA
PlayStation Vita
Console-style gaming in the palm of your hand
Pre-order now
Flexible Tripod Goes Where You Go
The new AmazonBasics flexible tripod for point-and-shoot cameras features a lightweight design that's easy to carry.
Learn more
LOOK INSIDE!
The Heart of Yoga
ated
oke
The Heart of Yoga: Developing a...
T. K. V. Desikachar
Paperback
$19.95 $11.97

amazon.com
amazonassociates
amazonkindle
createspace
amazon webservices
Amazon S3
amazonmp3
Play Anywhere, DRM-Free Music Downloads
AmazonPrime

amazon Prime
FREE Two-Day Shipping on millions of items
No minimum order size
Unlimited instant streaming of thousands of movies and TV shows with Prime Instant Videos
A Kindle book to borrow for free each month from the Kindle Owners' Lending Library
Start Your One Month Free Trial
After your free trial, Amazon Prime is just $7.99/month
› Already a member? (Sign in)
› Amazon Student
› Amazon Mom
› Help and FAQs
Tell your friends:

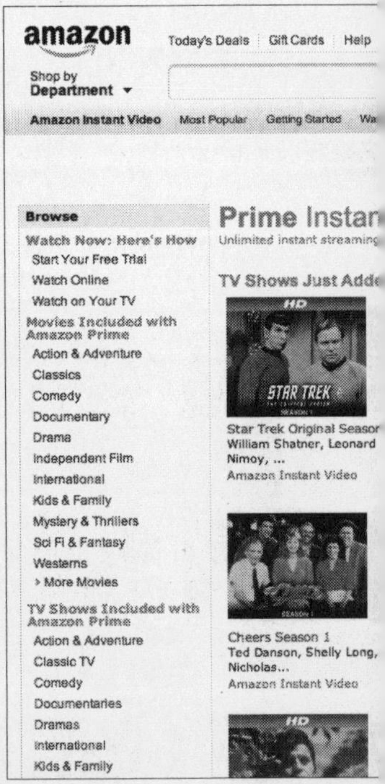
amazon
Today's Deals
Gift Cards
Help
Shop by Department
Amazon Instant Video
Most Popular
Getting Started
Browse
Watch Now: Here's How
Start Your Free Trial
Watch Online
Watch on Your TV
Movies Included with Amazon Prime
Action & Adventure
Classics
Comedy
Documentary
Drama
Independent Film
International
Kids & Family
Mystery & Thrillers
Sci Fi & Fantasy
Westerns
› More Movies
TV Shows Included with Amazon Prime
Action & Adventure
Classic TV
Comedy
Documentaries
Dramas
International
Kids & Family
Unlimited instant streaming
HD
STAR TREK
William Shatner, Leonard Nimoy, ...
Amazon Instant Video
Cheers Season 1
Ted Danson, Shelly Long, Nicholas...
Amazon Instant Video
HD

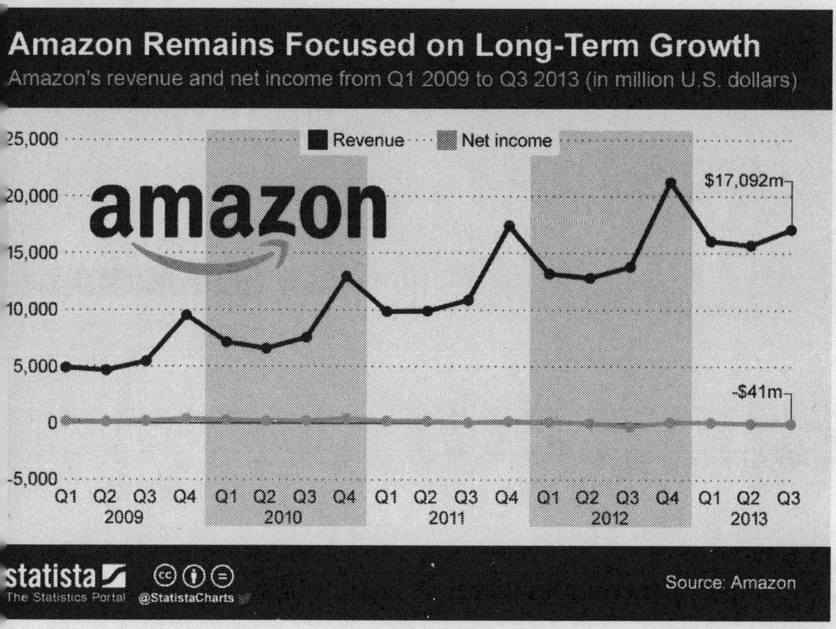
Amazon Remains Focused on Long-Term Growth
Amazon's revenue and net income from Q1 2009 to Q3 2013 (in million U.S. dollars)
Revenue
Net income
amazon
$17,092m
-$41m
25,000
20,000
15,000
10,000
5,000
0
-5,000
Q1 Q2 Q3 Q4 Q1 Q2 Q3 Q4 Q1 Q2 Q3 Q4 Q1 Q2 Q3 Q4 Q1 Q2 Q3
2009
2010
2011
2012
2013
statista
The Statistics Portal
@StatistaCharts
Source: Amazon

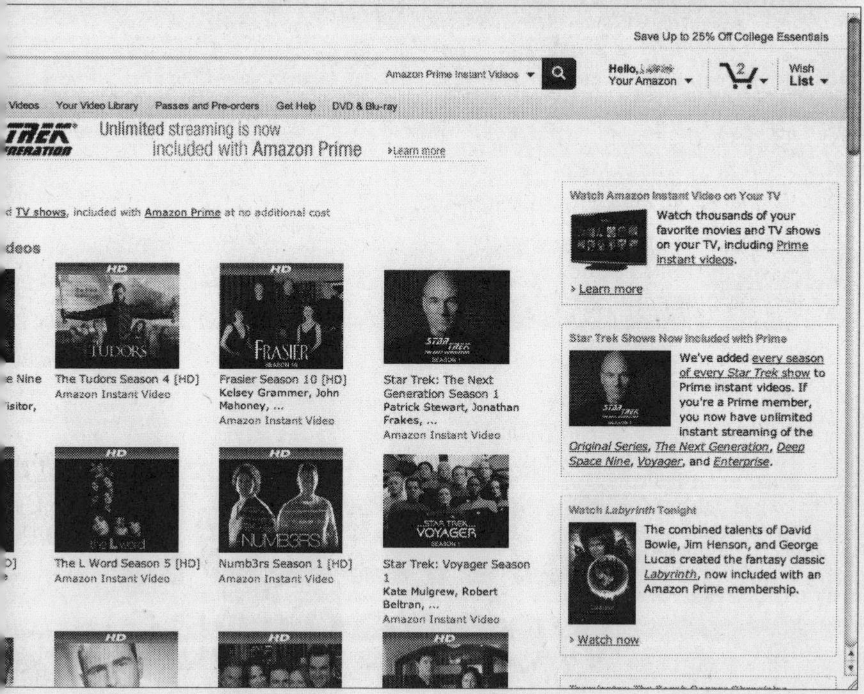
Save Up to 25% Off College Essentials
Amazon Prime Instant Videos
Your Amazon
Wish List
Videos
Your Video Library
Passes and Pre-orders
Get Help
DVD & Blu-ray
Unlimited streaming is now included with Amazon Prime
Learn more
TV shows, included with Amazon Prime at no additional cost
deos
The Tudors Season 4 [HD]
Amazon Instant Video
Frasier Season 10 [HD]
Kelsey Grammer, John Mahoney, ...
Amazon Instant Video
Star Trek: The Next Generation Season 1
Patrick Stewart, Jonathan Frakes, ...
Amazon Instant Video
The L Word Season 5 [HD]
Amazon Instant Video
Numb3rs Season 1 [HD]
Amazon Instant Video
Star Trek: Voyager Season 1
Kate Mulgrew, Robert Beltran, ...
Amazon Instant Video
Watch Amazon Instant Video on Your TV
Watch thousands of your favorite movies and TV shows on your TV, including Prime instant videos.
Learn more
Star Trek Shows Now Included with Prime
We've added every season of every Star Trek show to Prime instant videos. If you're a Prime member, you now have unlimited instant streaming of the Original Series, The Next Generation, Deep Space Nine, Voyager, and Enterprise.
Watch Labyrinth Tonight
The combined talents of David Bowie, Jim Henson, and George Lucas created the fantasy classic Labyrinth, now included with an Amazon Prime membership.
Watch now

amazon apps

amazon game studios

amazon web services™

amazon payments

A Trip up the Amazon

Once merely an online bookseller, Amazon has diversified into other merchandise, devices, and even web services. Those moves have pushed the stock to $233 a share, some 439 times trailing earnings.

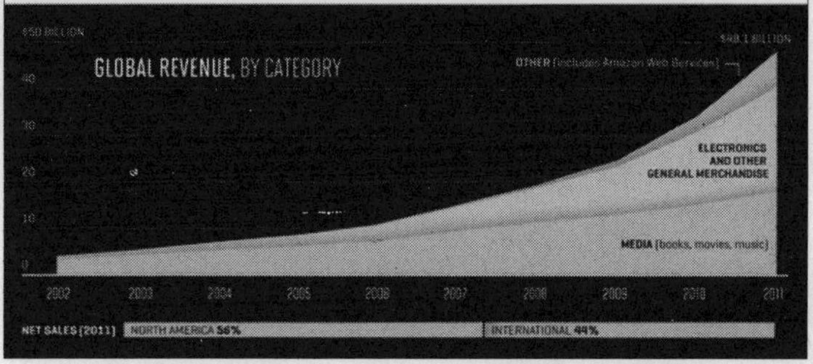

amazon MP3™

Music downloads for any device

zon *Prime*

nstant videos,
ndle books
REE Two-Day Shipping

ted

कार्यकारी अधिकारी	–	जैफ़ बेज़ोस
चेयरमैन	–	जैफ़ बेज़ोस
प्रेसीडेन्ट	–	जैफ़ बेज़ोस
क्षेत्र	–	विश्वव्यापी
शेयर बाजार	–	NASDAQ-AMZN
		NASDAQ- 100 Component
		S&P- 500 Component
उद्यम	–	इंटरनेट, ऑनलाइन, रिटेलिंग
मुख्य काम	–	एप स्टोर
		दि बुक डिपॉज़िटरी
		गेम स्टूडियो
		इन्स्टैन्ट वीडियो
		इन्स्टैन्ट वीडियो यू.के.
		इन्स्टैन्ट वीडियो जर्मन
		किण्डले
		लैब 126
		स्टूडियोज़
		बूट
		माई.हैबिट.कॉम
		शॉपबोप
		अस्कविले
कर्मचारी	–	117,300 (जनवरी 2014)
कुल सम्पत्ति	–	40 बिलियन (2013 में)

साइट का प्रकार — E-commerce

साइट का प्रारम्भ — 1995

साइट की भाषा — अंग्रेज़ी

फ़्रेंच

जर्मन

स्पेनिश

इटैलियन

जापानी

चाइनीज़

ब्राज़ीलियन

पुर्तगीज़

मुख्य सहायक कम्पनियाँ— A2Z

A 9 .com

ऐमज़ॉन वेब सर्विसेज़

अलेक्सा इंटरनेट

ऑडिबल.कॉम

डिजिटल फोटोग्राफी रिव्यू

गुडरीड्स

इंटरनेट मूवी डाटा बेस

जंगली.कॉम

जैपोज़ आदि

(ख) बेज़ोस-नामा

नाम — जैफ़ बेज़ोस

जन्म का नाम	–	जेफरी प्रेस्टन जोरगेनसन
जन्म	–	2 जनवरी 1964
जन्म स्थान	–	अलबुकर्क, न्यू मैक्सिको, वाशिंगटन
सौतेली बहन	–	क्रिस्टिना
सौतेला भाई	–	मार्क
लिंग	–	पुरूष
नागरिकता	–	अमेरिकन
राष्ट्रीयता	–	अमेरिकन
नस्ल	–	व्हाइट
शिक्षा	–	बैचलर डिग्री, कम्प्यूटर साइन्स में
पत्नी	–	मैकेंज़ी बेज़ोस
बच्चे	–	एक पुत्री एवं 3 पुत्र
ननिहाल	–	कोटुला, टैक्सास
रोल मॉडल	–	वॉल्ट डिजनी
		थामस एडीसन
		स्टीफन हॉकिंग
आवास	–	सिएटल वाशिंगटन
		वेवर्लीहिल्स, कैलीफोर्निया
शिक्षण संस्थान	–	रीवर ओक्स एलीमेन्ट्री स्कूल हौस्टन, टैक्सास
		पालमेटो हाई स्कूल, मियामी, फ्लोरिडा
		प्रिन्सटन यूनीवर्सिटी, न्यूजर्सी
पेशा	–	व्यवसाय, इंटरनेट एन्टरप्रिन्योर, इन्वेस्टर

कम्पनी का नाम	–	ऐमज़ॉन.कॉम
मुख्य स्थिति	–	सी.ई.ओ., ऐमज़ॉन.कॉम चेयरमैन, ऐमज़ॉन.कॉम प्रेसीडेन्ट, ऐमज़ॉन.कॉम संस्थापक, ऐमज़ॉन.कॉम
पसंदीदा किताबें	–	The Effective Executive by Peter Drucker The Innovators Soluntion by Clayton Chris Tensen The Goal by Eleyaha Goldratt
पसंदीदा एपीसोड	–	स्टार ट्रेक मिकी माउस
हॉबी	–	अन्तरिक्ष यात्रा विज्ञान कथाएं पढ़ना
अन्य कम्पनी	–	ब्लू ओरिजिन
नौकरियाँ	–	फिटेल बैकर्स ट्रस्ट डी.ई.शॉ एण्ड कम्पनी

सम्मान

- स्टूडेन्ट फॉर एक्सप्लोरेशन एण्ड डेवलपमेन्ट ऑफ़ स्पेस के प्रिंस्टन चैपटर के प्रेसीडेन्ट रहे।
- 1999 में टाइम पत्रिका द्वारा “पर्सन ऑफ़ दि इयर” घोषित किए गए।

जैफ़ बेज़ोस के साथ गूगल निर्माता सेर्गेई ब्रिन और एलन

जैफ़ बेज़ोस के साथ एलन हॉल

जैफ़ बेज़ोस के ऐमज़ॉन का वेयरहाउस

जैफ़ बेज़ोस के साथ जैक डॉरजी

जैफ़ बेज़ोस के साथ फेसबुक निर्माता मार्क जुकेरबर्ग

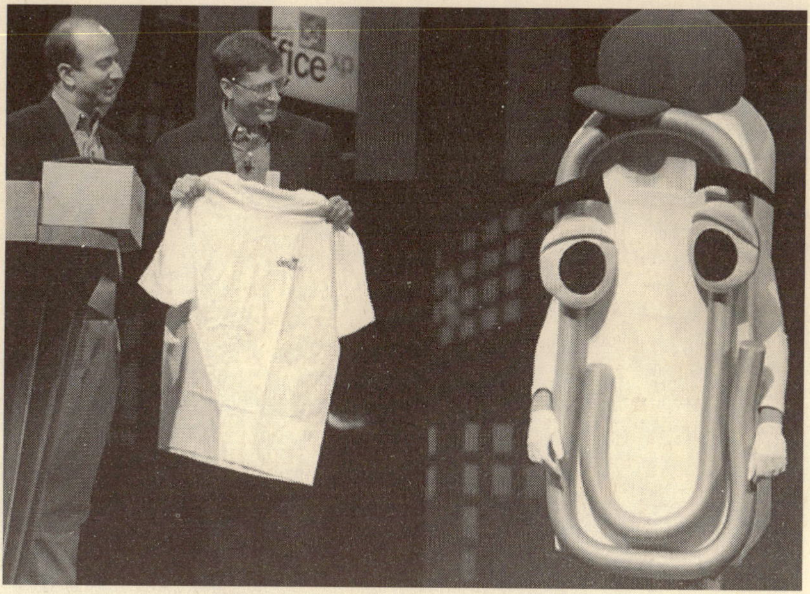

जैफ़ बेज़ोस के साथ बिल गेट्स

र आइस फ़ोटोग्राफी 2012 में जैफ़ बेज़ोस और उनकी पत्नी मैकेंज़ी स्टीफ़न हॉकिंग से मिलते हुए

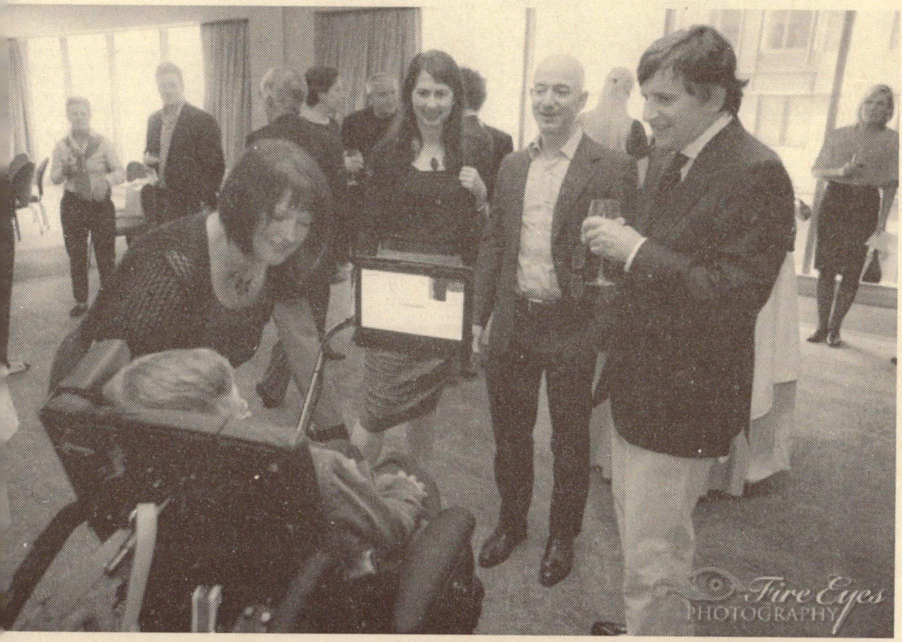

जैफ़ बेज़ोस की पत्नी मै

जैफ़ बोजेस के साथ
उनकी पत्नी मैकेंज़ी

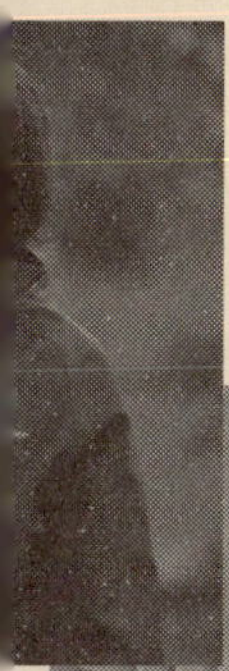

जैफ़ बेज़ोस के साथ
उनकी पत्नी मैकेंज़ी

जैफ़ बेज़ोस के जैविक पिता टेड

जैफ़ बेज़ोस के सौतेले पिता माइक एवं उनकी माता

जैफ़ बेज़ोस के सपनों का घर

जैफ़ बेज़ोस के साथ
उनकी पत्नी एवं कुछ
अन्य मित्र

जैफ़ बेज़ोस के कुछ अन्य चित्र

kindle

CEO
HOW TO PERFECT THE ART OF CRITICISM
JEFF BEZOS

Newsweek
Books Aren't Dead.
(They're Just Going Digital.)

FORTUNE
DEATH TAX
Amazon's Next Revolution
CEO Jeff Bezos used the web to reinvent the book business. Now he's at it again. Can he make the Kindle the iPod of print?
Plus
Grab That Opportunity!
30 companies that are thriving in this economy.

Bloomberg Businessweek
SECRET AMAZON
AN EXPLOSIVE NEW ACCOUNT WILL CHANGE EVERYTHING YOU KNOW ABOUT JEFF BEZOS

TIME
PERSON YEAR

Bloomberg

xpress
BEZOS BUYS
EXPRESS!
(OH ... AND THE WASHINGTON POST, TOO)
In a surprise deal, Amazon's founder purchases The Post and sister publications for $250 million

CAROL LOOMIS: HER NEW BOOK ON WARREN BUFFETT
FORTUNE
EXCLUSIVE: INSIDE CON ED THE NIGHT SANDY STRUCK
PLUS
STEVE JOBS VS. SAM WALTON: TALE OF THE TAPE
GLOBALISM GOES BACKWARD
THEY SAY SUBARU IS THE BEST CAR MONEY CAN BUY
THE 2012 BUSINESSPERSON OF THE YEAR
JEFF BEZOS
AMAZON CEO
OUR LIST OF THE 50 BEST IN BUSINESS, INCLUDING
TIM COOK, ALAN MULALLY & JAY-Z

ASTCOMPANY
HOW SMART PEOPLE WORK
INSIDE THE MIND of JEFF BEZOS
And His Plans for Amazon

GOOGLE'S SHOPPING LIST • WHY TO SELL NOW
Forbes
"OUR CULTURE IS FRIENDLY AND INTENSE, BUT IF PUSH COMES TO SHOVE WE'LL SETTLE FOR INTENSE."
AMERICA'S BEST LEADERS
THE SECRET TO JEFF BEZOS' CUSTOMER-DRIVEN IDEA MACHINE
PLUS: THE GOOD, THE BAD AND THE OVERPAID

DRAGON TATTOO
BITCOIN
GHOST TWEETER
WIRED
AMAZON
OWNS THE INTERNET
JEFF BEZOS STARTED WITH BOOKS. NOW HIS COMPANY DOMINATES THE WEB IN MORE WAYS THAN YOU THINK.

SUCCESS
AMAZON
KINDLE
ZAPPOS
What's Next, Jeff Bezos?

FORTUNE
DEATH TAX
Amazon's Next Revolution
CEO Jeff Bezos used the web to reinvent the book business. Now he's at it again. Can he make the Kindle the iPod of print?
Plus
Grab That Opportunity!
10 companies that are thriving in this economy

- यू.एस. न्यूज़ एण्ड वर्ल्ड रिपोर्ट द्वारा वर्ष 2008 में अमेरिका के बेस्ट लीडर चुने गए।
- 2008 में कारनेगी मेलन यूनीवर्सिटी द्वारा साइंस एण्ड टेक्नोलॉजी में मानद उपाधि प्रदान की गई।
- 2011 में इकोनॉमिस्ट ने बेज़ोस एवं ग्रेण जेहर को ऐमज़ॉन किण्डले के लिए इनोवेशन अवार्ड दिया गया।
- 2012 में फार्चून पत्रिका द्वारा "बिजनेस पर्सन ऑफ़ दि इयर" घोषित किया गया।
- विल्डर्सवर्ग ग्रुप के सदस्य चुने गए।
- बिजनेस कौंसिल 2011-12 के लिए एक्जीक्यूटिव कमेटी के सदस्य चुने गए।
- ब्लूमबर्ग बिलेनियर इन्डेक्स के अनुसार बेज़ोस को 2013 में दुनिया के सबसे धनी व्यक्ति की श्रेणी में शामिल किया गया।
- दुनिया के दूसरे बेस्ट सी.ई.ओ. घोषित किया गया।
- ऐमज़ॉन बोर्ड के सदस्य।
- ड्रगस्टोर डॉट कॉम बोर्ड के सदस्य।

7

जैफ़ बेज़ोस के समकक्षी बिजनेसमैन

इंटरनेट के माध्यम से ऑनलाइन व्यवसाय के क्षेत्र में जैफ़ बेज़ोस सिरमौर हैं। उनकी कम्पनी ऐमज़ॉन आज दुनिया की सबसे बड़ी ऑनलाइन रिटेलर कम्पनी मानी जाती है। यद्यपि जैफ़ बेज़ोस कम्प्यूटर, इंटरनेट एवं ऑनलाइन व्यवसाय के बादशाह हैं लेकिन कम्प्यूटर और टेक्नोलॉजी के क्षेत्र में अन्य सिरमौर व्यक्तियों के सम्बन्ध में जानकारी के बिना जैफ़ बेज़ोस की कहानी अधूरी रह जायेगी। यहां पर हम जिन व्यक्तियों का जिक्र कर रहे हैं, उनसे किसी न किसी रूप में जैफ़ बेज़ोस का भी सम्बन्ध रहा है। इन व्यक्तियों की खोजों ने कम्प्यूटर और टेक्नोलॉजी जगत में क्रान्ति ला दी है और इन खोजों से जैफ़ बेज़ोस भी प्रभावित हुए हैं तथा कुछ अच्छा करने के लिए प्रेरित हुए

हैं। अतः इस पुस्तक में ऐसे लोगों की जानकारी को शामिल करना आवश्यक हो गया है। इनमें मुख्य हैं –

माइक्रोसॉफ्ट के बिल गेट्स

यहां पर हम सॉफ्टवेयर के जनक बिल गेट्स की कहानी आपको बताने जा रहे हैं। बिल गेट्स का पूरा नाम विलियम हेनरी गेट्स तृतीय है जिनका जन्म अमेरिका के वाशिंगटन में सिएटल में रहने वाले एक सम्पन्न परिवार में 28 अक्टूबर 1955 को हुआ था। अन्य बच्चों की भाँति बिल गेट्स का भी बचपन बीता, स्कूल गए और जब कुछ समझ आने लायक बुद्धि हुई तो कम्प्यूटर के दीवाने हो गए। यद्यपि उन दिनों कम्प्यूटर विज्ञान की कथाओं जैसा था लेकिन उनके विद्यालय में कम्प्यूटर सिखाने की व्यवस्था थी। हाईस्कूल के बाद भी विश्वविद्यालय की पढ़ाई के समय उनका कम्प्यूटर से लगाव कम नहीं हुआ यहां तक कि सॉफ्टवेयर की कम्पनी खोलने के लिए उन्होंने विश्वविद्यालय की पढ़ाई भी बीच में ही छोड़ दी। पर्सनल कम्प्यूटर के लिए सॉफ्टवेयर

बनाने हेतु माइक्रोसॉफ्ट नाम की कम्पनी बनाकर उन्होंने पूरे विश्व में तहलका मचा दिया। आज हर घर में, हर मेज पर कम्प्यूटर की उपस्थिति माइक्रोसॉफ्ट और बिलगेट्स के कारण ही सम्भव हो सकी है। आज चाहे सॉफ्टवेयर कहें, चाहे विन्डोज कहें, चाहे मार्डन पीसी कहें, माइक्रोसॉफ्ट इन सब का पर्याय बन गया है।

माइक्रोसॉफ्ट को ऊँचाई तक ले जाने में बिलगेट्स ने कठोर मेहनत की, अपने प्रतिद्वन्द्वियों को खूब छकाया, विश्व के सबसे धनी व्यक्तियों में गिनती कराई और जब मौका आया तो माइक्रोसॉफ्ट को ऐसे छोड़ा जैसे कोई अपने शरीर से कपड़ों को अलग कर देता है। माइक्रोसॉफ्ट के दिन प्रतिदिन के कार्यों को छोड़कर बिलगेट्स परोपकार की दुनिया में कूद गए और आज परोपकार की दुनिया में भी नम्बर एक बने हुए हैं। उनके कदम से कदम मिला कर चलने वाली उनकी पत्नी मिलिण्डा गेट्स उन्हें पूरा सहयोग दे रहीं हैं। कई पुस्तकों और लेखों के लेखक, दुनिया के जाने माने विश्वविद्यालयों की उपाधियों से विभूषित और ब्रिटेन के सर्वोच्च सम्मान से नवाज़े गए बिल गेट्स आज दुनिया के कोने-कोने में छाये हुए हैं। टेक्नोलॉजी से सम्बन्धित लोगों में बिल गेट्स को तरह-तरह की उपाधियों से सम्मानित कर रखा है। जैसे उन्हें मशीन ऑफ़ दि डेकेड, सॉफ्टवेयर के सुल्तान, पीसी के मास्टर, लोग हितैषी अरबपति, परोपकारी जीव, हार्वर्ड से ड्रॉपआउट, अद्भुत दिमाग के मालिक, आई.टी. क्षेत्र के क्रान्तिकारी पुरुष और स्वयं के प्रयासों से 31 वर्ष की उम्र में ही बिलिनियर बन जाने जैसी उपाधियाँ शामिल हैं। बिल गेट्स के सम्बन्ध में पूरी जानकारी के लिए हिन्द पॉकेट बुक द्वारा प्रकाशित पुस्तक का अध्ययन किया जा सकता है।

फेसबुक के मार्क जुकेरबर्ग

हम यहां पर आपको चेहरों की चमकती किताब अर्थात फेसबुक की कहानी बताने जा रहे हैं और साथ में विलक्षण और असाधारण

facebook

iPad
11:52 AM
facebook
Log In
Sign Up for Facebook

प्रतिभा के धनी नवयुवक मार्क जुकेरबर्ग से भी आपकी भेंट कराते हैं। हां, आज लगभग 25 अरब डॉलर का 30 वर्षीय मालिक मार्क जुकेरबर्ग, जिसकी बनाई सोशल नेटवर्किंग साइट फेसबुक को दुनिया के लगभग 200 देशों में, 70 से अधिक भाषाओं में लगभग 1 अरब लोग इस्तेमाल करते हैं। हां, वही मार्क जुकेरबर्ग जिन्होंने उद्यमियों और व्यापारियों के लिए पूरी दुनिया को एक गाँव में तब्दील कर दिया, वे आज उद्यमियों के आदर्श हैं। हां, वही जुकेरबर्ग जिन्हें आज के युवा थैंक्यू बोलते नहीं थकते। मार्क आज 50 से भी ज्यादा देश घूम चुके हैं। वे चार्टर्ड हवाई जहाज से सफर करते हैं लेकिन सीधे-सादे इतने, कि धूसर रंग की टीशर्ट और नीले रंग की जींस, पैरों में चप्पल पहने कई देशों में उन्हें घूमते देखा जा सकता है। सुन्दर इतने कि शायद कामदेव भी लजा जाएं। मार्क अमेरिका के हैं लेकिन दुनिया का कोई ऐसा कोना नहीं है जहाँ उन्हें लोग न जानते हों। हार्वर्ड विश्वविद्यालय का ड्रॉपआउट छात्र और उसका चमत्कार देखिए कि अगले वर्ष वही ड्रॉपआउट छात्र उसी हार्वर्ड विश्वविद्यालय में छात्रों के बीच गेस्ट फैकल्टी के रूप में उपस्थित होकर छात्रों को फेसबुक में नौकरी देने का प्रस्ताव दे रहा था। हां, वहीं मार्क, जो भयंकर मांसाहारी थे और मीट के लिए स्वयं पशुओं का वध करते थे, एक ही झटके में 2011 में घोषणा कर दी कि अब वे पूर्णतः शाकाहारी हैं। उनके बारे में कई चमत्कार, कई मिथक और कई कहानियाँ इतनी सी छोटी उम्र में ही कही जाती हैं। वे कई भाषाओं के ज्ञाता हैं, आर्टिस्ट और संगीत में भी उन्हें महारत हासिल है। हडसन नदी के किनारे अमेरिका के न्यूयॉर्क शहर के डाबीफेरी इलाके में रहते थे, दाँतों के मशहूर डॉ. एडवर्ड जुकेरबर्ग। घर में पत्नी करेन जुकेरबर्ग और बेटियाँ। परिवार यहूदी धर्म को मानने वाला। न्यूयार्क के लिए मौसम के हिसाब से खुशगवार और शानदार 1984 मई के महीने की 14 तारीख। इसी दिन दर्जनों बच्चों के बीच अस्पताल में करेन जुकेरबर्ग की कोख से एक बच्चे का जन्म होता है। सुन्दर और

नयनाभिराम, देखने वाले देखते ही रह गए। नाम रखा गया मार्क। बाद में पूरा नाम रखा गया मार्क इलियट जुकेरबर्ग।

मार्क का बचपन साधारण तरीके से बीता। बहनों के बीच किलकारी मारते, तोतली जुबान के साथ बचपन के दिन गुजरने लगे। कहते हैं "होनहार बिरवान के होत चीकने पात"। यह कहावत मार्क के ऊपर पूरी तरह से लागू हो गई। जब मार्क दो वर्ष के थे और सोचने समझने की ज्यादा अक्ल भी नहीं थी, तभी से मार्क ने अपनी रुचि और रुझान को लेकर अलग ही संकेत देने शुरू कर दिये थे, जब बच्चे स्कूल के प्रारम्भिक दिनों में अक्षर-ज्ञान सीखते हैं। तब मार्क कम्प्यूटर और सॉफ्टवेयर में अपना सिर खपाने लगे और 13 वर्ष की उम्र आते-आते उन्होंने अपने पिता के व्यवसाय को संभालने के लिए एक सॉफ्टवेयर बना दिया। हार्वर्ड में पढ़ाई के दौरान फेसबुक बनाकर उन्होंने सोशल मीडिया के जगत में तहलका मचा दिया।

अब हम मार्क के फेसबुक की बात करते हैं। वैसे फेसबुक की कहानी एक दिन की कहानी नहीं है। मार्क जुकेरबर्ग के दिमाग में इसका बीज उसी समय पड़ गया था, जब वह 13 वर्ष के थे और 20 वर्ष की उम्र में फेसबुक बना दिया। आज कोई भी वैध ई-मेल आई.डी. रखने वाला 13 वर्ष से अधिक उम्र का दुनिया के किसी भी कोने का व्यक्ति फेसबुक में अपना निःशुल्क खाता खोल सकता है। खाता खोलकर चुप नहीं बैठना है। फेसबुक के यूजर्स आपस में चैट कर सकते हैं, फोटो शेयर कर सकते हैं, वीडियो पोस्ट कर सकते हैं, व्यक्तिगत सूचनाओं का आदान-प्रदान, गेम्स खेलना, मीटिंग करना, गेट टु गेदर होना, जन्मदिन और त्योहारों तथा विशेष अवसरों पर शुभकामनाएँ भेजना, होम वर्क करना, बिजनेस वर्क करना, पुराने दोस्तों और रिश्तेदारों को खोजना और न जाने कितनी सुविधाओं का लाभ उठा सकते हैं। वह भी निःशुल्क। मार्क ने भी फेसबुक पर अपना खाता खोल रखा है और स्वयं के बारे में एक वाक्य लिख रखा है, "मैं दुनिया को ज्यादा खुलापन देने की कोशिश कर रहा हूँ।"

फेसबुक में आपको अपने खातों में जो आजादी प्राप्त है उसके लिए तो आप दांतों तले उंगली दबाना नहीं भूलेंगे। आज एक अरब से ज्यादा लोग फेसबुक पर हैं और बिना किसी भेदभाव के। बात को कहने और सुनने में यहां पर कोई किसी पर रौब नहीं जमा सकता। ब्रिटेन की महारानी भी फेसबुक पर हैं तो भारत के सबसे पिछड़े स्थान के एक गाँव का बारहवीं कक्षा का विद्यार्थी भी फ़ेसबुक पर है। इस मंच पर कोई किसी के अधीन नहीं है अर्थात अपने खाते के भीतर आपको इतनी आजादी हासिल है कि ऐसी आजादी तो दुनिया के किसी लोकतान्त्रिक देश के नागरिक को भी नहीं होगी। जब फेसबुक ने तहलका मचाया तब माइक्रोसॉफ्ट के कान खड़े हो गए थे। बिल गेट्स ने देखा कि यदि फेसबुक इसी गति से लोकप्रिय होता रहा तो हम सबके लिए खतरा हो सकता है उन्होंने फेसबुक को खरीदने का मन बनाया लेकिन इससे पहले याहू की ओर से एक अरब डॉलर का प्रस्ताव मार्क ठुकरा चुके थे। यह बात बिल गेट्स को पता थी। अतः बिल गेट्स ने मार्क के सामने 15 अरब डॉलर का प्रस्ताव रख दिया और सोचा कि शायद इतनी बड़ी रकम का प्रस्ताव सुनकर मार्क उछल पड़ेगें लेकिन मार्क ने वही किया जो याहू के साथ किया था। अर्थात बिल गेट्स का प्रस्ताव भी ठुकरा दिया। याहू के तत्कालीन सी.ई.ओ. को कहना पड़ा था "अपनी पूरी जिन्दगी में मेरी मुलाकात किसी 23 साल के ऐसे नवयुवक से नहीं हुई जो पलक झपकते ही एक अरब डॉलर का प्रस्ताव ठुकरा दें।" इसके बाद बिल गेट्स ने भी कहा था कि "अरे नहीं भाई, वह मेरे 15 अरब डॉलर के प्रस्ताव को भी ठुकरा चुका है।"

इस महान अनवेषक मार्क जुकेरबर्ग की प्रेरक जीवनी एवं अमरखोज फेसबुक की अद्भुत कहानी पढ़ने के लिए आप हिन्द पॉकेट बुक्स द्वारा प्रकाशित "फेसबुक, सोशल मीडिया का चमत्कार" नामक पुस्तक पढ़ सकते हैं।

गूगल के लैरी पेज और सेर्गेई ब्रिन

कुछ लोग पैदाइशी विलक्षण होते हैं। गूगल नाम का बच्चा भी इसी श्रेणी में आता है क्योंकि 15 वर्षीय यह किशोर अपनी छोटी सी ही उम्र में इंटरनेट सर्च का परदादा बन गया है। दुनिया भर में फैले इंटरनेट के उपभोक्ताओं में से एक भी व्यक्ति ढूढ़े से नहीं मिलेगा जो गूगल का नाम न जानता हो। गूगल की आशातीत सफलता और लोगों के दिलों दिमाग में छा जाने का कारण महज तकनीकी नहीं है इसने तो वित्तीय, इनोवेशन, व्यावसायिक और सामाजिक क्षेत्र में कुशलता के झण्डे फहरा दिये हैं। अगर कोई ब्राण्ड महज 15 साल की उम्र में जनरल इलेक्ट्रिक, कोका कोला, माइक्रोसॉफ्ट जैसी मल्टीनेशनल कम्पनियों को पीछे धकेल कर ब्राण्ड वैल्यू के मामले में पहले नम्बर पर आ जाए तो यह एक ऐसी सच्चाई है जिसे किसी भी तर्क-वितर्क से झुठलाया नहीं जा सकता। गूगल की कहानी असल में मानवीय प्रतिभा, दो दिग्गज दिमागों की उपज और कठोर श्रम की चमत्कारी सफलता की वह कहानी है, जो तकनीकी और व्यावसायिक विश्व के इतिहास में मील के पत्थर के रूप में दर्ज हो गई है।

Google™

1995 में जब अमेरिका के स्टैनफोर्ड विश्वविद्यालय में पी-एच.डी. करने के लिए आये दो छात्रों लैरी पेज और सेर्गेई ब्रिन की भेंट के बाद दोस्ती हुई थी तब किसी भविष्यवक्ता को भी यह उम्मीद नहीं थी कि दोनों की यह दोस्ती इंटरनेट की दुनिया को उलट पुलट कर रख देगी। अपनी दोस्ती के एक साल बाद लैरी और सेर्गेई ने बैकरब नामक सर्च इंजन पर काम शुरू किया और जब उनकी कल्पना साकार होने लगी तब उन्होंने इसका नाम गूगल रखा। वास्तव में Google शब्द googol की गलत स्पेलिंग से बना। गूगोल गणित का शब्द था जिसका अर्थ होता है 10 की संख्या की 100वीं घात। अर्थात यह शब्द एक बहुत बड़ी संख्या की ओर संकेत करता है। लैरी को गणित प्रिय थी, अतः उन्होंने इस शब्द का चयन कर दिया। इस शब्द का चयन ही लैरी और सेर्गेई की महत्वाकांक्षी इरादों को जाहिर कर देता है अर्थात वे कुछ ऐसा करना चाहते थे जिसकी कल्पना न की जा सके। इस प्रकार सितम्बर 1997 में गूगल.कॉम का पंजीकरण कराया गया जो आज विश्व का सबसे महंगा डोमेन नाम हैं।

1999 में गैराज में वर्कशाप खोला गया और आज गूगल माउंटेन व्यू स्थित अपनी बिल्डिंग में 'गूगल लेक्स' में स्थापित है। इन 15 सालों में ही गूगल विश्व के हर इंटरनेट प्रेमी के दैनिक जीवन में घुल मिल गया है। विश्व की सबसे बड़ी इंटरनेट कम्पनी रही याहू को गूगल ने पीछे छोड़ दिया है और सबसे बड़ी आई.टी. कम्पनी माइक्रोसॉफ्ट की भी चूलें हिला दी हैं। इन 15 सालों में गूगल ने इंटरनेट सर्च के तौर-तरीके, सर्च के मायने, उपयोगिता, सोच सब-कुछ बदलकर रख

दिया। आज गूगल आगे-आगे और अन्य कम्पनियाँ अपना अस्तित्व बचाए रखने के लिए गूगल के पीछे-पीछे चल रही हैं। आज गूगल के बिना इंटरनेट की कल्पना करना एक अनजाना-सा भय या शरीर में झुरझुरी सी पैदा कर देता है।

गूगल आज विश्व की अनोखी कम्पनी है। सामान्यतः यदि किसी कम्पनी का कोई उत्पाद या सेवा बाजार में सफल हो जाती है तो कम्पनी अपना सारा ध्यान उसी उत्पाद पर केन्द्रित रखती है। लेकिन गूगल में इसका उल्टा होता है। गूगल ने अपनी नवीनता और रचनात्मकता के बल पर उत्पादों और सेवाओं का तीव्र गति से विस्तार किया है। लगभग हर तीन माह में गूगल का कोई न कोई ऐसा उत्पाद या सेवा बाजार में आ जाती है जिसे लोग किलर एप्लीकेशन कहने लगते हैं। यह ऐसा उत्पाद होता है जिसकी लोगों ने कल्पना भी नहीं की होती और उस उत्पाद या सेवा को बहुत बड़े पैमाने पर शुरू किया जाता है जिसका दूर-दूर तक कोई प्रतिद्वन्दी नहीं होता है।

गूगल सर्च से शुरू हुई गूगल की कहानी में सबसे सफल ई-मेल सेवा G-mail एक सर्वाधिक लोकप्रिय ब्लॉगिंग सेवा ब्लॉगर, सबसे बड़ी मैप-सेवा, गूगल मैप्स और गूगल धरती, वीडियो सेवा यू-ट्यूब, फोटो वेबसाइट पिकासा, सोशल नेटवर्किंग साइट आरकुट, हैल्थ-न्यूज़, पुस्तक खोज डेस्कटॉप, फाइनेन्स, नोटबुक, इमेजेज पेटेन्ट सर्च, मोबाइल सर्च और न जाने क्या-क्या शामिल हो गया है जिसकी हम केवल कल्पना करते हैं, वह गूगल में पहले से ही मौजूद मिलता है। और वह भी मुफ्त। गूगल केवल अपनी विज्ञापन सेवा से ही कमाई के मामले में विश्व की शीर्ष कम्पनियों में हैं। कितना आश्चर्यजनक है कि एक ऐसी कम्पनी जिसकी सारी सेवाएँ मुफ्त हों और वह दुनिया की सर्वाधिक धन कमाने वाली कम्पनी हो जाए। इतने से भी सन्तोष नहीं क्योंकि गूगल का ब्रहम वाक्य है कि अतीत की सफलता कोई सफलता नहीं है और आगे बढ़ो। आज गूगल के उत्पाद और सेवाएँ सैकड़ों की संख्या पार कर गई लेकिन अभी भी रुकने का नाम नहीं ले रही। हर माह कोई न कोई नया उत्पाद आपके हाथों में होता है। सबसे आश्चर्यजनक तो यह है कि गूगल, कभी ग्राहकों से राय नहीं लेती, कोई प्रचार नहीं, कोई मार्केटिंग टेक्नीक नहीं, बस उत्पाद लाकर उपभोक्ता के हाथ में रख देती है। और उपभोक्ता आश्चर्यचकित होकर कहता है अरे क्या ऐसा हो सकता है हमने तो सोचा भी नहीं था।

गूगल की इस अनोखी सफलता का सारा दारोमदार उसकी सर्च सेवा में है जिसकी दुनिया में कोई बराबरी नहीं कर पा रहा है। दुनिया भर में इंटरनेट में की जाने वाली खोजें में से लगभग 75 प्रतिशत खोज गूगल के जरिये होती है शेष 25 प्रतिशत हिस्से में अन्य कम्पनियाँ हैं। प्रारम्भ में एक बार लैरी पेज ने कहा था "हमारा फिलहाल दुनिया को जीतने का कोई इरादा नहीं है" लेकिन लैरी और सर्गेई ने वही कर दिया और वह भी बिना किसी हो-हल्ला के या बिना किसी को एहसास कराए। जहां तक गूगल के जनक लैरी पेज और सर्गेई ब्रिन की बात है उनका परिचय जानना भी आवश्यक है।

लैरी पेज

अमेरिका के ईस्ट लैन्सिंग मिशीगन में एक यहूदी परिवार था। जिसके मुखिया कार्ल विक्टर पेज थे जो मिशिगन स्टेट यूनिवर्सिटी में कम्प्यूटर विज्ञान के प्रोफेसर थे। उनकी पत्नी ग्लेरियो पेज भी कम्प्यूटर प्रोग्रामर थी। इसी परिवार में 26 मार्च 1973 को उनके पुत्र का जन्म हुआ जिसका नाम लैरी पेज रखा गया। इस परिवार में पहले भी एक पुत्र का जन्म हो चुका था। जिसे कार्ल जुनियर कहा जाता था। इस प्रकार लैरी के परिवार में उनके पिता, माता और बड़े भाई थे।

लैरी का बचपन बड़े ही साधारण तरीके से बीता। बाद में लैरी ने एक साक्षात्कार में बताया कि उन्हें याद है कि उनके बचपन में उनके यहां कम्प्यूटर और पॉपुलर नामक विज्ञान की पत्रिकाएँ पूरे घर में बिखरी रहती थीं। चूँकि उनके माता-पिता दोनों ही कम्प्यूटर विज्ञान से सम्बन्धित थे अतः लैरी की रुचि भी बचपन से ही कम्प्यूटर में हो गई। लैरी की उम्र जब 6 वर्ष हुई और उनमें सोचने समझने की शक्ति विकसित हुई तो उन्होंने अपने आपको कम्प्यूटरों की बीच पाया। घर में बिखरी चीज़ों से वे खेलने लगे। लैरी बताते हैं कि उनके बड़े भाई ने चीजों को खोलना सिखाया, अतः मेरी उत्सुकता

इस बात में रहने लगी कि चीजें किस प्रकार से काम करती हैं और मैं घर की चीजों को खोल-खोल कर देखने लगा।

सेर्गेई ब्रिन

रूस के मास्को शहर में एक यहूदी परिवार था जिसके मुखिया माइकल ब्रिन थे। वे अपनी पत्नी युजेनिया ब्रिन के साथ सेन्ट्रल मास्को में 30 वर्गमीटर में बने तीन कमरों वाले मकान में रहते थे। उनके साथ ब्रिन की माता भी रहती थी। इसी परिवार में 21 अगस्त 1973 को एक पुत्र का जन्म हुआ जिसका नाम सेर्गेई मिखायलोविच ब्रिन रखा गया। सेर्गेई के पिता माइकल ब्रिन और उनकी माता युजेनिया ब्रिन दोनों ही मास्को स्टेट यूनिवर्सिटी से स्नातक हैं। माइकल मैरीलैण्ड विश्वविद्यालय में गणित के प्रोफेसर और युजेनिया नासा स्थित गोडाई स्पेस फलाइट सेन्टर में अनुसंधान वैज्ञानिक हैं।

आज गूगल के बारे में कहा जाता है कि "जिसकी सहायता कोई न करे उसकी सहायता गूगल करे" वह भी मुफ्त में।

गूगल और माइक्रोसॉफ्ट इसलिए सम्बन्धित हैं, क्योंकि माइक्रोसॉफ्ट ने भी सर्च इंज़न का आविष्कार किया था। लेकिन गूगल अपनी छोटी-सी उम्र में ही सर्च इंजन की दुनिया में सबसे आगे हो गया और गूगल सर्च का पर्याय बन गया। माइक्रोसॉफ्ट इसकी बराबरी नहीं कर सका।

गूगल और लैरी पेज तथा सेर्गेई ब्रिन की मजेदार कहानी विस्तार में पढ़ने के लिए आप हिन्द पॉकेट बुक्स द्वारा प्रकाशित Google की अद्‍भुत कहानी नामक पुस्तक पढ़ सकते हैं।

एप्पल के स्टीव जॉब्स

माइक्रोसॉफ्ट और स्टीव जॉब्स भी आपस में जुड़े रहें हैं भले ही एक प्रतिद्वन्दी के रूप में रहे हैं। स्टीव को iMan कहा जाता है। iMan स्टीव पी. जॉब्स, एक ऐसा व्यक्ति, जिसने उद्योगों को बदल दिया, बिजनेस मॉडल की नई परिभाषा लिख दी और टेक्नोलॉजी के साथ आर्ट जैसे विषय को जोड़ दिया। आज दुनिया के लोग, उनके जाने के बाद, उनकी तुलना थॉमस एडीसन, वॉल्ट डिज्नी, लियानार्दो द विन्ची से कर रहे हैं। लोगों को विश्वास है कि शायद अब स्टीव जॉब्स जैसा परिन्दा जल्दी दुनिया को नहीं मिलने वाला। शायद यह सच भी हो।

क्योंकि एक ऐसा शख्स जिसने कभी कॉलेज की पढ़ाई पूरी नहीं की, कभी बिजनेस स्कूल नहीं गया, वयस्क होने के बाद जिसने एक दिन भी किसी दूसरे के लिए काम नहीं किया। फिर भी वह ऐसा जादूगर बन गया। ऐसा मसीहा बन गया कि जिस काम में भी हाथ डाल दिया, उसे पूरी तरह से बदल कर रख दिया। उनकी हिम्मत तो देखो, जब उन्होनें 1997 में "थिंक डिफरेन्ट" नाम के शीर्षक से अपना विज्ञापन अभियान छेड़ा तो जानते हो क्या कहा? सबसे अलग हटकर कहा कि –

पागलों की सुनो!

विद्रोहियों की सुनो!

संकट पैदा करने वालों की सुनो!

लोग ऐसे लोगों को पागल कहते हैं उनकी बातों की ओर तवज्जो नहीं देते, लेकिन स्टीव उन्हें जीनियस कहते थे। स्टीव कभी भी भीड़ का हिस्सा नहीं बनें। वे कभी धारा के साथ नहीं बहे। स्टीव पहल करने में देर नहीं करते थे। जब भी उन्होंने ऐसा कुछ देखा, जिसे और बेहतर, स्मार्ट, खूबसूरत बनाया जा सकता हो तो फिर उनके अन्दर और कुछ नहीं समाया। वे जुनूनी थे। उन्हें न इन्टरनल पॉलिटिक्स प्रभावित कर पायी, न आर्थिक सम्मेलन और न ही सामाजिक बन्धन। वे सबसे हट कर और आगे की ओर चले। साँप की तरह, जो अपनी केंचुल छोड़कर कभी पीछे मुड़कर नहीं देखता। वे फोकस ग्रुप, ग्रुपथिकिंग या कमेटी आदि के निर्णयों से कभी नहीं बंधे। वे अपने उत्पादों के हर कोने को, हर बटन को, यहाँ तक कि रंग और पैकेजिंग को बड़ी गहराई से और अपने यूजर्स की नजर से देखते थे। इस सम्बन्ध में उन्होंने कभी न गलती की, न कभी समझौता किया। स्टीव जॉब्स एक विद्रोही दूरदृष्टा थे। कभी न सन्तुष्ट होने वाले जुनूनी और क्रिएटिव जीनियस, और एक सफल लीडर थे। उन्होंने उद्योग के खेल ही नही वरन् खेल के नियम ही बदल डाले। स्टीव जॉब्स ने

हमारे लिए क्या किया? कम्प्यूटर, मूवी, मोबाइल, संगीत की दुनिया में तहलका मचा दिया। उन्होने हमें वह दिया, जिसे हम सोच भी नहीं पाए थे। ऐसा लगता है कि वे आगे की 50 सालों की आवाज सुन लेते थे। उन्होंने हमारे लोपी डिस्क छीन लिये। हमारे डॉयल अप मॉडल छीन लिए। उन्होंने हमसे कैमकॉर्डर प्रोक्स, नान ग्लासी स्क्रीन, लैश, डी.वी.डी. ड्राइव और रिमूवेबल लैपटॉप बैटरी भी छीन ली। देखा आपने। उन्हें फीचर्स जोड़ना चाहिए था, लेकिन उन्होंने छीन लिये। लोग कहते थे कि एप्पल उत्पाद फेल हो जाएँगे, लेकिन यह क्या? आज पूरी इंडस्ट्री वही कर रही है, जो एप्पल ने किया। यदि हम और अधिक गहराई से देखे तो लगता है कि स्टीव जुनून, विश्वास और साहस का दूसरा नाम थे।

हर मुश्किल हालात में आगे बढ़े और मुश्किलों को चुनौती की तरह लिया, जिसके कारण उनका सर्वश्रेष्ठ सामने आया और हम आज उसका लुफ़्त उठा रहे हैं। जरा सोचो, जब वे अपनी ही कम्पनी से निकाले गए होंगे, तब कितना दर्द हुआ होगा। एक ओर कैंसर जैसे भयंकर रोग की पीड़ा सहन नहीं हो रही थी। पूरा शरीर दर्द से बेहाल था।

शरीर का एक-एक इन्च पंक्चर था, लेकिन नये-नये उत्पाद बनाने और उन्हें लॉन्च करने का जुनून भी सवार था। अन्तिम समय तक वे एप्पल के लिए सोचते रहे, काम करते रहे और एप्पल के लिए ही जीते रहे। और आगे स्टीव जॉब्स की निर्लिप्तता देखिये, उनका मन्त्र था कि “खोने के लिए कुछ नहीं है।”

ऐसी हिम्मत वाला व्यक्ति ही नामुमकिन को मुमकिन बना सकता था। उनकी डिक्शनरी में No शब्द नहीं था। स्टीव मैग्नेट की तरह थे। वे सर्वश्रेष्ठ टेलेन्ट को अपनी ओर खींच लेने की कला में माहिर थे। उन्होंने अपने कर्मचारियों को हमेशा जिज्ञासु बनाये रखा और अपने संस्थान पर भरोसा रखना सिखाया। उनकी स्वयं की अन्तः

प्रेरणा बेमिसाल थी। स्टीव की सोच इतनी बड़ी थी, जहाँ तक कोई पहुंच नहीं पाया। उन्होंने अपने एक छोटे से जीवन काल में दुनिया के उद्योग जगत में विरासत खड़ी कर दी। वे शून्य से शिखर तक पहुंचे। आज हमारे लिए उनकी विरासत यह है कि उन्होंने दुनिया की सबसे जटिल चीजों को सबसे आसान कर दिया। जैसा कोई नहीं कर सका। वे एक ऐसे सितारे थे जिनके पीछे पूरी आकाश गंगा घूमती थी। इन आकाश गंगाओं और सितारों की अन्तरिक्ष में अपनी अलग व्यवस्था होती है और स्टीव के उत्पादों के आकाश में भी उनकी खुद की व्यवस्था है।

इन उत्पादों को चलाने के लिए न आपको बाहर से जुगाड़ करने की जरूरत है, न मैन्युअल पढ़ने की जरूरत है और न सीखने सिखाने की। लगता है स्टीव ने हमारे दिमाग, हमारी आवश्यकता और हमारी चाहत को गहराई से पढ़ लिया था। बूझ लिया था। समझ लिया था।

उन्होंने उत्पादों को इतना आसान बना दिया जिसे जिस प्रकार एक वैज्ञानिक उपयोग में ला सकता है, उसी प्रकार एक गृहिणी, एक मजदूर और सबसे निचले तबके का व्यक्ति भी उसका इस्तेमाल बखूबी से स्वयं कर सकता है एप्पल के उत्पाद सबकी पहुंच में हैं। उनका उत्पाद सभी के लिए काम करता है। आई-फोन, आई-पॉड, आई-पैड जैसे ऐसे उत्पाद बनाये जो उत्पाद नहीं वरन् अपने आप में सब कुछ समेटे हुए पूरा आकाश हैं।

आज लोग स्टीव जॉब्स को धन्यवाद देते हैं और कहते हैं कि स्टीव आप जैसा कोई नहीं। अगर आप कुछ साल और हमारे बीच रहते तो आज हम सोच भी नहीं पा रहें हैं कि कहाँ से कहाँ होते। लेकिन आपने सोच रखा था। जो कुछ आप हमें दे गए, उसके लिए फिर-फिर धन्यवाद। एप्पल के स्टीव जॉब्स और माइक्रोसॉफ्ट के बिल गेट्स दोनों एक ही वर्ष में पैदा हुए और दोनों ने कम्प्यूटर के क्षेत्र

में ही काम किया। यद्यपि दोनों गहरे दोस्त रहे लेकिन कम्प्यूटर के मामले में दोनों ही व्यावसायिक प्रतिद्वन्दी रहे हैं।

स्टीव जॉब्स के सम्बन्ध में विस्तृत जानकारी के लिए आप हिन्द पॉकेट बुक्स द्वारा प्रकाशित "स्टीव जॉब्स – एक महान कर्मयोगी" नामक पुस्तक पढ़ सकते हैं।

बिल गेट्स, मार्क जुकेरबर्ग एवं स्टीव जॉब्स तीनों में एक विशेष समानता है कि तीनों ही कॉलेज ड्रॉपआउट रहे हैं।

8

ऑनलाइन बिजनेस से सम्बन्धित जानने योग्य शब्द

यहां पर कुछ ऐसे महत्वपूर्ण शब्दों के सम्बन्ध में बताया जा रहा है जो कम्प्यूटर एवं संचार से सम्बन्धित हैं। कम्प्यूटर का उपयोग करने वालों को इन शब्दों की जानकारी होनी ही चाहिए। कुछ महत्वपूर्ण शब्द निम्नलिखित हैं।

कम्प्यूटर

कम्प्यूटर एक ऐसी आधुनिक इलेक्ट्रॉनिक मशीन है जो मानवीय मस्तिष्क से सम्बन्धित समस्त कार्य करती है जैसे – लिखना, गणना करना, संचार से सम्बन्धित समस्त कार्य, मनोरंजन आदि। कम्प्यूटर हार्डवेयर और सॉफ्टवेयर का संगम होता है तथा अपने उपयोगकर्ता के निर्देशों का अक्षरसः पालन करता है। कम्प्यूटर के माध्यम से ही इंटरनेट कार्य करता है। टाइपिंग का ज्ञान रखने वाला कोई भी व्यक्ति इसको संचालित कर सकता है। कम्प्यूटर का जनक चार्ल्स बैबेज को माना जाता है। कम्प्यूटर में मुख्यतः इनपुट, आउटपुट, प्रोसेसिंग और मेमोरी नामक चार हिस्से होते हैं। जब हम कम्प्यूटर में की-बोर्ड और माउस के द्वारा कोई विवरण टाइप करते हैं और आवश्यक कमाण्ड देते हैं तो प्रोसेसिंग के बाद हमे तत्काल रिजल्ट मिल जाता है जिसे हम मॉनिटर और प्रिन्टर के माध्यम से देख सकते हैं। तथा परिणामों

को मेमोरी में सुरक्षित रखा जा सकता है। कम्प्यूटर की अपनी भाषा होती है जिसे केवल कम्प्यूटर ही समझ सकता है। अपने आकार और पावर के अनुसार कम्प्यूटर कई प्रकार के होते हैं। जैसे-पर्सनल कम्प्यूटर, वर्क स्टेशन, मेन फ्रेम, मिनी कम्प्यूटर और सुपर कम्प्यूटर आदि। आज व्यक्तिगत, वाणिज्यिक, सरकारी, गैर-सरकारी जैसे बैंक, अस्पताल, सर्विस स्टेशन आदि में व्यापक रूप में प्रयोग किए जाते हैं।

हार्डवेयर

कम्प्यूटर सिस्टम के वे सभी हिस्से जिन्हें देखा व छुआ जा सकता है, हार्डवेयर कहे जाते हैं जैसे मॉनीटर, माउस, कीबोर्ड, हार्डडिस्क, मदरबोर्ड, प्रोसेसर आदि। कम्प्यूटर हार्डवेयर अपने आप में निर्जीव होता है। इसे मानव शरीर की भाँति ढांचा मात्र कहा जा सकता है।

सॉफ्टवेयर

चूंकि कम्प्यूटर हार्डवेयर अपने आप में निर्जीव वस्तु है। अतः उसे चलाने के लिए अलग से निर्देश देने होते हैं। निर्देशों के इसी संग्रह को सॉफ्टवेयर कहा जाता है। सॉफ्टवेयर देखा नहीं जा सकता। केवल कम्प्यूटर की स्क्रीन पर पढ़ा जा सकता है। इसी सॉफ्टवेयर के माध्यम से कम्प्यूटर का प्रयोगकर्ता किसी काम को करने के लिए कम्प्यूटर को निर्देश या कमाण्ड देता है। इस प्रकार सॉफ्टवेयर कम्प्यूटर उपयोग कर्ता और हार्डवेयर के मध्य कड़ी का काम करता है। अपने प्रयोग के अनुसार सॉफ्टवेयर कई प्रकार के होते हैं। जैसे सिस्टम सॉफ्टवेयर (विन्डोज़) प्रोग्रामिंग सॉफ्टवेयर (जावा, c++) एप्लीकेशन सॉफ्टवेयर (वर्ड, एक्सेल, एलोवेट रीडर) आदि। यदि कम्प्यूटर हार्डवेयर को मानव शरीर का ढांचा कहा जाए, तो मस्तिष्क को उसका सॉफ्टवेयर कहा जा सकता है। क्योंकि जिस प्रकार बिना मष्तिष्क के शरीर संचालित नहीं होता उसी प्रकार बिना सॉफ्टवेयर के कम्प्यूटर संचालित नहीं हो सकता।

आपरेटिंग सिस्टम

सॉफ्टवेयर प्रोग्राम को ही आपरेटिंग सिस्टम कहा जाता है जो कम्प्यूटर हार्डवेयर को संचालित करता है। और दूसरे कम्प्यूटर सॉफ्टवेयरों को हार्डवेयर के साथ संवाद और समन्वय करने के लिए सक्षम बनाता है। बिना आपरेटिंग सिस्टम के कम्प्यूटर कोई काम नहीं कर सकता। विन्डोज़, लार्निक्स, यूनिक्स, एंड्रॉयड आदि इसके उदाहरण हैं।

विन्डोज़

माइक्रोसॉफ्ट कॉरपोरेशन द्वारा तैयार किए गए ऑपरेटिंग सिस्टम को विन्डोज़ के नाम से जाना जाता है। यह सिस्टम इतना सफल और एडवांस है कि अधिकांश पर्सनल कम्प्यूटरों पर इसी सिस्टम का उपयोग किया जाता है। कम्प्यूटर के अतिरिक्त स्मार्टफोन और टैबलेट आदि में भी विन्डोज़ का उपयोग किया जाता है। सबसे पहले 1985 में माइक्रोसॉफ्ट में विन्डोज़ 1.0 संस्करण बाजार में उतारा था। उसके बाद इसके उन्नत संस्करण बाजार में आते रहे। वर्तमान में कम्प्यूटर के लिए विन्डोज़ 8.1 एवं स्मार्ट फोन के लिए विन्डोज़ 8 संस्करण उपलब्ध हैं।

माइक्रोसॉफ्ट ऑफिस

कई प्रकार के डेस्कटाप अनुप्रयोगों के संग्रह को माइक्रोसॉफ्ट ऑफिस कहा जाता है। इसके माध्यम से किसी कार्यालय के विभिन्न प्रकार के काम किए जा सकते हैं। वर्ड, एक्सेल, पावरपॉइंट आदि इसके एप्लीकेशन सॉफ्टवेयर हैं।

एम.एस. वर्ड

माइक्रोसॉफ्ट ऑफिस ग्रुप का एक एप्लीकेशन प्रोग्राम है जिसे एमएस वर्ड के नाम से जाना जाता है। इसके माध्यम से कार्यालय के विभिन्न दस्तावेज़ों जैसे -पत्र, मीमो, नोट, रिपोर्ट आदि तैयार किए जाते हैं।

ऐक्सेल

यह भी माइक्रोसॉफ्ट ग्रुप का एक एप्लीकेशन प्रोग्राम है, जिसके माध्यम से विभिन्न प्रकार के आंकड़ों का रख-रखाव किया जाता है। इसके माध्यम से आप अपने दैनिक खर्चों का हिसाब, व्यापार के हिसाब, विद्यार्थियों की उपस्थिति, उनके अंक-पत्र आदि कम्प्यूटर में संग्रहीत कर सकते हैं। चूंकि ऐक्सेल में अनेक गणितीय व वित्तीय सूत्र उपलब्ध होते हैं, अतः आकड़ों का आसानी से विश्लेषण किया जा सकता है।

पावरप्वॉइन्ट

किसी प्रोजेक्ट या रिपोर्ट को जिस प्रोग्राम के माध्यम से प्रस्तुत किया जाता हैं या स्लाइड आदि बनाई जाती हैं। उसे पावरप्वॉइन्ट कहा जाता हैं। स्लाइडों में आप ऑडियो, वीडियो, ग्राफिक्स आदि का उपयोग कर सकते हैं ।

इंटरनेट क्या है?

इंटरनेट का वास्तविक विकास 1970 से लेकर 1980 के बीच में विंट सर्फ और बाब काहन नामक वैज्ञानिकों ने किया। उनके द्वारा एक ऐसे सॉफ्टवेयर का निर्माण किया गया जिसके द्वारा कम्प्यूटर पर किसी सूचना को छोटे-छोटे टुकड़ों में तोड़कर, इन पैकेटों को दूसरे कम्प्यूटर पर इस प्रकार से भेजा जा सकता था कि वे पैकेट दूसरे कम्प्यूटर पर पहुंच कर उस सूचना की प्रतिलिपि पुनः बना सके। इसे ही दो कम्प्यूटरों के बीच बातचीत करने का तरीका कहा गया और इसका

तकनीकी नाम ट्रांसमिशन कंट्रोल प्रोटोकॉल (TCP) रखा गया। इस कार्य को कई कम्प्यूटरों के मध्य फैलाया जा सकता है, क्योंकि किसी भी नेटवर्क में हर कम्प्यूटर का एक खास पता होता है। इस पते को हम तकनीकी भाषा में इंटरनेट प्रोटोकॉल पता (IP) कहते हैं। यह पते वास्तव में कुछ नम्बर होते हैं जो एक से दूसरे बिन्दु के द्वारा अलग-अलग किए गए हैं।

सूचना को जब पैकेट के रूप में तोड़ा जाता है तो वे एक चिट्ठी की तरह से हो जाते हैं जिस पर भेजने वाले कम्प्यूटर और पाने वाले कम्प्यूटर दोनों का पता लिखा होता है। कम्प्यूटर उस पर लिखे पते को पढ़कर यह पता लगाता है कि यह चिट्ठी उसके लिए है या नहीं। यदि वह चिट्ठी उस कम्प्यूटर के लिए नहीं है तो वह चिट्ठी को उस कम्प्यूटर की दिशा में आगे बढ़ा देता है जिस कम्प्यूटर का पता उस चिट्ठी में होता है। सामान्यतः कार्यालयों के कम्प्यूटर आपस में एक दूसरे से जुड़े होते हैं और वे आपस में एक-दूसरे से बातचीत कर सकते हैं। इस व्यवस्था को लोकल एरिया नेटवर्क (LAN) कहा जाता है। लैन से जुड़ा कोई कम्प्यूटर दूसरे कम्प्यूटरों के साथ टेलीफोन लाइन या सेटलाइट से जुड़ा रहता है। इसी प्रकार दुनिया भर के कम्प्यूटर भी आपस में जुड़े रहते हैं। इस प्रकार इंटरनेट दुनिया भर के कम्प्यूटरों का एक ऐसा नेटवर्क है जो एक दूसरे से संवाद कर सकते हैं। इसे मायाजाल या कम्प्यूटरों का जाल भी कहा जाता है। यह नेटवर्कों का नेटवर्क है, जिसमें लाखों निजी, सार्वजनिक, शैक्षिक, व्यावसायिक और सरकारी नेटवर्क आपस में एक-दूसरे से जुड़े होते

हैं। नेटवर्कों के जुड़ाव के लिए वायरलेस, फाइबर, कॉपर केबल या उपग्रहों को माध्यम बनाया जाता है। प्रारंभ में इंटरनेट की भाषा केवल अंग्रेज़ी थी, क्योंकि इसकी उत्पत्ति अमेरिका में हुई थी, लेकिन अब कई भाषाओं में यह सेवा उपलब्ध है। आज इंटरनेट का इतना अधिक प्रयोग होने लगा है कि अब इसे इन्टरनेट के नाम से जाना जाने लगा है। कोई एक व्यक्ति संस्था या देश इंटरनेट का मालिक नहीं है। वास्तव में विभिन्न देशों की सरकारें, व्यावसायिक निजी और सार्वजनिक कम्पनियाँ, विश्वविद्यालय, संगठन, करोड़ों नागरिक आदि संयुक्त रूप से इंटरनेट के मालिक हैं। अर्थात कोई एक व्यक्ति संस्था या संगठन अकेले इंटरनेट को नियंत्रित नहीं कर सकता ।

वेब क्या है

टिम बर्नर ली नाम के इन्जीनियर यूरोपियन नाभिकीय लैबोरेटरी जिसे सर्न (cern) के नाम से जाना जाता है, में काम करते थे। इस संस्थान में तरह-तरह के कम्प्यूटर थे जिनमें अलग-अलग फॉरमेट पर सूचनाएं सुरक्षित रखी जाती थीं। टिम को यह जिम्मेदारी सौंपी गई थी कि वे एक कम्प्यूटर से दूसरे कम्प्यूटर में सूचनाएं ले जाने के लिए कोई आसान और सुरक्षित तरीका तलाश करें। टिम इस काम में जुट गए। इसी दौरान टिम को महसूस हुआ कि क्या सारी सूचनाओं को इस तरह से पिरोया जा सकता है कि वे एक स्थान पर रखी जैसी लगें। वे इस तकनीक पर काम करने लगे। उन्होंने हाईपर टेक्स्ट मार्कअप भाषा (HTML) और हाईपर टेक्स्ट ट्रान्सफर प्रोटोकॉल (HTTP) तकनीक का प्रयोग किया। एचटीएमएल कम्प्यूटर की एक भाषा है जिसके द्वारा सूचनाएं प्रदर्शित की जाती हैं। इसकी सबसे बड़ी विशेषता यह होती है कि किसी अन्य सूचना को उससे लिंक किया जा सकता है। सारी की सारी सूचनाएं किसी कम्प्यूटर पर होती हैं जिनका अपना पता होता है। इस पते को यूनीफॉर्म रिसोर्स लोकेटर (URL) कहा जाता है। एचटीएमएल में लिखे किसी पेज को

दूसरे पेज पर ले जाने के लिए उसका पता (URL) उस पेज पर डालना होता है। आप एक क्लिक के द्वारा संदर्भित पेज पर पहुंच सकते हैं। सारे वेब पेज चूंकि एक तरह से आपस में जुड़े होते हैं इसीलिए सूचनाओं के आदान प्रदान की इस सामूहिक तकनीक को विश्व व्यापी वेब (World Wide Web) (www) कहा जाता है। जल्दी में लोग इसे केवल वेब भी कहते हैं। वेब के पहले अक्सर http या www लिखा होता है, लेकिन अब यह इतना आसान हो गया है कि अब इन शब्दों को लिखने की जरूरत नहीं पड़ती। यद्यपि शुरू में यह सर्न की बौद्धिक सम्पदा थी लेकिन इसके व्यापक उपयोग को देखते हुए अब इस तकनीक को मुक्त करके मुफ्त कर दिया गया है। आज यह सूचनाओं के आदान प्रदान का महत्वपूर्ण तरीका हो गया है। वेब, इंटरनेट की तमाम एप्लीकेशनों में से एक है।

वेब ब्राउज़र

वेब ब्राउज़र इंटरनेट पर वेबसाइट खोलने के लिए एक सॉफ्टवेयर एप्लीकेशन है। ब्राउजर के एड्रेस बार में वेबसाइट का नाम लिखकर एण्टर का बटन दबाने से वेबसाइट खुल जाती है और हम अपनी ऐच्छिक सूचना प्राप्त कर लेते हैं।

सामान्य प्रयोग में आने वाले कुछ इंटरनेट ब्राउज़र इस प्रकार हैं –

- माइक्रोसॉफ्ट का इंटरनेट एक्सप्लोरर
- गूगल का क्रोम
- मोजिला का फायर फॉक्स
- ओपेरा सॉफ्टवेयर कम्पनी का ओपेरा इत्यादि।

कम्प्यूटर के प्रकार और ऑपरेटिंग सिस्टम के अनुसार ब्राउजर के अलग-अलग संस्करण होते हैं।

इंटरनेट प्रोटोकॉल या आई.पी. एड्रेस

आई.पी. एड्रेस किसी कम्प्यूटर नेटवर्क में उपस्थित प्रत्येक उपकरण जैसे, कम्प्यूटर, मोबाइल, प्रिन्टर, राउटर, स्विच इत्यादि की पहचान के लिए एक संख्यात्मक पहचान या पता है। आईपी एड्रेस के द्वारा एक नेटवर्क के उपकरण एक दूसरे से संवाद और सूचनाओं का आदान प्रदान करते हैं।

किसी उपकरण का आईपी एड्रेस एक 32 बिट की बाइनरी संख्या होती है जो 8-8 बिट के चार भागों में डॉट (.) से विभाजित रहती है। 32 बिट के आईपी एड्रेस से किसी नेटवर्क में करीब 429 करोड़ उपकरणों को अलग-अलग पहचाना जा सकता है, लेकिन इसमें से बहुत सारे एड्रेस विशिष्ट प्रयोग के लिए आरक्षित हैं और सार्वजनिक प्रयोग के लिए उपलब्ध नहीं हैं। इस 32 बिट के आईपी एड्रेस को आई.पी. संस्करण आईपीवी-4 के नाम से जाना जाता है, हालांकि आईपीवी-4 अभी भी प्रयोग में है, फिर भी इंटरनेट की सुविधा की भारी मांग के कारण उपलब्ध पतों की भविष्य में कमी की समस्या को दूर करने के लिए 128 बिट के आईपी एड्रेस के नये संस्करण आईपीवी-4 को सन 1995 में विकसित किया गया था और आजकल के लगभग सभी उपकरण इस संस्करण को उपयोग करने योग्य बनाये गए हैं।

डोमेन नेम

जैसे-जैसे इंटरनेट का विकास होता गया, वैसे-वैसे ही हजारों और लाखों कम्प्यूटर आपस में जुड़ते गए। इस कारण कम्प्यूटर के नामों और आई.पी. एड्रेस को होस्ट्स फाइल में रखना मुश्किल होता गया। चूंकि आई.पी. एड्रेस एक संख्या होती है और याद रखने में मुश्किल होती है, इसलिए इंटरनेट पर उपलब्ध वेबसाइटों को आसानी से याद रखने के लिए संख्या के स्थान पर जाने-पहचाने नाम दिये जाते

हैं, जिनको डोमेन नेम या डोमेन नाम कहते हैं। उदाहरण के लिए गूगल.कॉम एक डोमेन नाम है। डोमेन नाम एक या अधिक आई.पी. एड्रेस की पहचान के लिए हो सकते हैं। जैसे कि माइक्रोसॉफ्ट.कॉम करीब एक दर्जन आई.पी. पतों का प्रतिनिधित्व करता है। डोमेन नाम सामान्यतया किसी संस्था, व्यक्ति, सरकार आदि के वेबसाइट नाम को बताता है। डोमेन नाम हमेशा दो हिस्सों में होता है और दोनों हिस्से डॉट कॉम के द्वारा विभक्त होते हैं। इसका बायाँ हिस्सा संस्था या व्यक्ति के नाम का प्रतिनिधित्व करता है। और दायाँ हिस्सा संस्था का स्टेट्स बताता है।

इंटरनेट पर उपलब्ध किन्हीं भी दो संस्थाओं के डोमेन नाम एक जैसे नहीं हो सकते। डोमेन नाम को रजिस्टर्ड कराना होता है। डोमेन नेम चूंकि आपकी पहचान होती है अतः इसे ट्रेडमार्क भी कह सकते हैं।

एड्रेस बार

किसी इंटरनेट ब्राउज़र के किसी वेबपेज के पते को प्रदर्शित करने वाले बॉक्स को एड्रेस बार कहते हैं। किसी वेब साइट को खोलने के लिए एड्रेस बार में ही वेबसाइट का पता लिखा जाता है। अब यह इतना विकसित हो गया है कि अब एड्रेस बार में वेबसाइट का नाम टाइप करते समय http या www इत्यादि टाइप करने की आवश्यकता नहीं है। इन शब्दों को वह स्वयं ही वेबसाइट के नाम के साथ जोड़ लेता है। इसीलिए अब एड्रेस बार को समझदार एड्रेसबार भी कहा जाने लगा है। यदि आप किसी वेबसाइट को पहले ही खोल चुके हैं तो इसके नाम के एक दो अक्षर टाइप करते ही वेबसाइट का पूरा नाम एड्रेसबार में आ जाएगा।

यूज़र नेम

यूज़र नेम एक व्यक्ति द्वारा किसी कम्प्यूटर नेटवर्क या ऑनलाइन

सेवा को उपयोग करने के लिए एक पहचान होती है। जैसे यदि आप किसी बैंक की इंटरनेट द्वारा सेवा प्राप्त करना चाहते हैं तो बैंक आपको एक यूज़र नेम देगा जो आपकी पहचान निर्धारित करेगा और इसी के माध्यम से आप अपने खाते से संबंधित लेन-देन कर सकते हैं और जानकारी प्राप्त कर सकते हैं।

पासवर्ड

किसी कम्प्यूटर सिस्टम या ऑनलाइन सेवा का उपयोग करने के लिए हमें यूज़र नेम के साथ-साथ पासवर्ड भी डालना पड़ता है। पासवर्ड आपके नेम या खाते की सुरक्षा के लिए एक गुप्त कोड होता है। पासवर्ड जितना बड़ा और कठिन होगा उतना ही सुरक्षित होता है। एक सही पासवर्ड कम से कम आठ अंकों का होता है। सुरक्षा की दृष्टि से अपने पासवर्ड को किसी को नहीं बताना चाहिए और समय-समय पर बदलते रहना चाहिए।

ई-मेल आई.डी.

ई-मेल आई.डी. किसी व्यक्ति या संस्था से संबंधित इलेक्ट्रॉनिक संदेशों को भेजने का एक पता है। इसे साधारण शब्दों में इलेक्ट्रॉनिक डाक सेवा कहा जा सकता है। इस सेवा के लिए कम्प्यूटर और इंटरनेट की जरूरत होती है। किसी ईमेल आई.डी. में दो भाग होते हैं एक यूज़र नेम और दूसरा डोमेन नेम। जैसे यदि आपकी ईमेल आई. डी. manager@gmail.com है तो इसमें मैनेजर यूजर नेम है और जीमेल.कॉम गूगल की ईमेल सेवा का डोमेन नाम है। किसी एक डोमेन नाम की कोई दो ईमेल आईडी का यूजर एक जैसा नहीं हो सकता। हाँ, अलग-अलग डोमेन के दो ईमेल आईडी के यूजर नाम एक हो सकते हैं। जैसे manager@gmail.com और manager@yahoo.com हो सकते हैं। यह बिल्कुल वैसे ही हैं जैसे एक मुहल्ले में दो मकानों के एक समान नम्बर नहीं हो सकते, पर दो अलग मुहल्लों में दो

मकानों के समान नम्बर हो सकते हैं। ईमेल की शुरुआत 1965 में हुई थी जब मेनफ्रेम कम्प्यूटर को बहुत से लोगों ने एक साथ शेयर करके उपयोग किया था। इसके बाद 1971 में रे टॉमिल्शन नाम के वैज्ञानिक ने एक स्टैण्डर्ड इंटरनेट ईमेल फॉर्मेट का निर्माण किया था जिसमें / अक्षर का प्रयोग किया गया था।

.com क्या है

.com टॉप लेवल डोमेन होता है। यह किसी वेबसाइट को उसके व्यवसायिक संस्था से जुड़े होने की जानकारी देता है। com शब्द commercial (व्यवसायिक) का संक्षिप्त रूप है। .com के अतिरिक्त भी कई प्रकार के टॉप लेवल डोमेन होते हैं, जिनमें से कुछ इस प्रकार हैं –

.co कम्पनियों के लिए

.gov सरकारी संस्थाओं के लिए

.in भारतीय डोमेन के लिए india का संक्षिप्त रूप है।

.org संस्थाओं के नाम के लिए

.net नेटवर्क से सम्बन्धित संस्थाओं के डोमेन के लिए

.edu शैक्षिणिक संस्थाओं के लिए

.nic.in भारत में नेशनल इन्फॉरमैटिक्स केन्द्र द्वारा होस्ट की गई वेबसाइटों के लिए। इसके अतिरिक्त देश के नामों के अनुसार भी डोमेन नाम बनाये जाते हैं। जैसे –

.in इण्डिया

.af अफगानिस्तान

.am अमेरिका

.au ऑस्ट्रेलिया आदि।

@ का प्रयोग

@ चिन्ह का प्रयोग ईमेल पते में यूजर नेम और डोमेन नाम को अलग करने के लिए किया जाता है। जैसे gauri.sing@gmail.co.in एक ईमेल आईडी है जिसमें gauri.sing यूज़र नेम है और gmail.co.in डोमेन नाम है।

वर्चुअल की बोर्ड

जब कभी आप किसी वित्तीय वेबसाइट जैसे बैंक, रेलवे आरक्षण आदि में काम करते हैं तो यूज़र नेम और पासवर्ड डालते समय कम्प्यूटर स्क्रीन पर एक की बोर्ड बन कर आता है जिसमें सामान्य की बोर्ड की तरह ही अक्षर, संख्याएं और चिह्न होते हैं जिन्हें आप माउस से क्लिक करके टाइप कर सकते हैं। यह एक कम्प्यूटर प्रोग्राम होता है जिसे आभासी कुंजीपटल या वर्चुअल की बोर्ड कहते हैं। वर्चुअल की बोर्ड आपके खाते की सुरक्षा के लिए बनाया जाता है।

वास्तव में कुछ ऐसे वाइरस या कम्प्यूटर प्रोग्राम होते हैं जो आपके कम्प्यूटर पर की बोर्ड द्वारा टाइप किए शब्दों को चुपचाप किसी हैकर के पास भेज देते हैं जिससे आपके यूजर नाम या पासवर्ड का दुरूपयोग किया जा सकता है। इसी से बचने के लिए हम वर्चुअल की बोर्ड के माध्यम से माउस के द्वारा टाइप करते हैं।

डिजिटल हस्ताक्षर

डिजिटल हस्ताक्षर एक कोड होता है जिसको इलेक्ट्रॉनिक माध्यम से भेजे गए दस्तावेज़ों की सामग्री और पहचान साबित करने के लिए इनसे जोड़ा जाता है।

यह उसी तरह से काम करता है जैसे आप किसी पत्र या दस्तावेज़ को लिखने के बाद उसकी प्रमाणिकता के लिए उस पर पेन से हस्ताक्षर करते हैं। डिजिटल हस्ताक्षर आप अपने आप नहीं

कर सकते हैं। डिजिटल हस्ताक्षर सरकारी प्रतिष्ठानों या सरकार द्वारा अनुमोदित संस्थानों द्वारा ही प्रदान किए जाते हैं।

डिजिटल हस्ताक्षर की आवश्यकता मुख्यतया वित्तीय या कानूनी इलेक्ट्रॉनिक दस्तावेजों पर करने के लिए होती है। भारत में इलेक्ट्रॉनिक आधार कार्ड, इनकम टैक्स से सम्बन्धित दस्तावेज़ों आदि पर जारी कर्ता के डिजिटल हस्ताक्षर होते हैं। डिजिटल हस्ताक्षरों का प्रयोग इलैक्ट्रॉनिक टेण्डर प्रक्रिया में दस्तावेज़ों की प्रमाणिकता के लिए आजकल एक आम बात है। डिजिटल हस्ताक्षर किसी व्यक्ति के नाम से जारी किया जाता है और जिस कागज या डाक्यूमेंट्स पर यह हस्ताक्षर होते हैं तो यह माना जाता है कि इस प्रपत्र को उस व्यक्ति ने प्रमाणित किया है जिसके डिजिटल हस्ताक्षर हैं।

- **टाइम-लाइन (Time line) :** फेसबुक में टाइम-लाइन शब्द महत्वपूर्ण है। वास्तव में टाइम-लाइन फेसबुक पर आपकी अपनी कहानी है। अपने पेज को लगातार अपडेट करते रहना ही टाइम-लाइन है। यह केवल वेबसाइट प्रोफाइल है जिसमें आपकी एट-ए-ग्लैन्स बायोग्राफी होती है। यह आपका चलता फिरता इतिहास होता है जिसे आप कभी भी देख सकते हैं। यह आपका व्यक्तिगत पेज होता है।

- **आइकन (Icon) :** कम्प्यूटर या मोबाइल की स्क्रीन पर किसी प्रोग्राम या फाइल के छोटे रूप को दिखाने के लिए स्क्रीन पर जो एक छोटा-सा संकेत-चिह्न पिक्चर के रूप में दिखाई देता है, उसे आइकन कहा जाता है। इस चिह्न पर माउस से यदि दो बार क्लिक किया जाय तो सम्बन्धित प्रोग्राम या फाइल खुल जाएगी।

- **डेस्कटॉप (Desktop) :** कम्प्यूटर को ऑन करने पर उसमें एक चमकती हुई स्क्रीन दिखाई देती है जिसमें विभिन्न प्रकार की आइकन और शॉर्टकट दिखाई देते हैं। इस स्क्रीन को ही डेस्क-टॉप

कहा जाता है। इस स्क्रीन पर नीचे की ओर एक क्षैतिजवार दिखाई देता है उसे टास्कबार भी कहा जाता है। कम्प्यूटर के ऑन होते ही सबसे पहले डेस्कटॉप ही नजर आता है।

- **मेनू (Menu) :** नई टेक्नोलॉजी पर आधारित अधिकांश कम्प्यूटर प्रोग्राम अब मेनू पर आधारित होते हैं। मेनू एक कम्प्यूटर विण्डो होती है जिस पर कई तरह के कमाण्ड या विकल्प होते हैं। आप किसी विकल्प या कमाण्ड का चुनाव कर सकते हैं।
- **अपलोड (Upload) :** कम्प्यूटर नेटवर्क के माध्यम से एक कम्प्यूटर से दूसरे कम्प्यूटर पर किसी फाइल या सूचना को भेजने की प्रक्रिया को अपलोड करना कहा जाता है। जैसे यदि आप कोई वीडियो यू-ट्यूब पर अपलोड करते हैं तो आपके कम्प्यूटर पर सुरक्षित वीडियो यू-ट्यूब के सर्वर पर पहुंच जाता है। इसी प्रक्रिया को अपलोड करना कहा जाता है।
- **डाउनलोड (Download) :** अपलोड करने की प्रक्रिया का उल्टा रूप डाउनलोड है। जब आप किसी अन्य कम्प्यूटर से कोई सामग्री कम्प्यूटर नेटवर्क के माध्यम से अपने कम्प्यूटर पर लाना चाहते हैं तो इस प्रक्रिया को डाउनलोड करना कहा जाता है। इस प्रक्रिया के माध्यम से आप दूसरे कम्प्यूटर से सामग्री लाकर अपने कम्प्यूटर पर Save कर सकते हैं।
- **ऑनलाइन (Online) :** यदि आप अपने कम्प्यूटर के द्वारा इंटरनेट के माध्यम से दूसरे कम्प्यूटरों से भी जुड़े हुए हैं तो इस स्थिति को ऑनलाइन रहना कहा जाता है। अर्थात यदि आप अपने कम्प्यूटर के माध्यम से फेसबुक पर अपने दोस्तों को सन्देश भेज रहे हैं या चैट कर रहे हैं तो इसे ऑनलाइन रहना कहा जाता है।
- **ऑफलाइन (Offline) :** यदि आप का कम्प्यूटर नेटवर्क के माध्यम से किसी अन्य कम्प्यूटर से नहीं जुड़ा हुआ है अर्थात आपका

कम्प्यूटर अकेला है तो इस स्थिति को ऑफलाइन रहना कहा जाता है। इस स्थिति में आपका कम्प्यूटर किसी अन्य कम्प्यूटर से संवाद नहीं कर सकता है।

- **न्यूजफीड (Newsfeed)** : आपके फेसबुक होम पेज पर आपके दोस्तो द्वारा पोस्ट की गई कोई भी सामाग्री जैसे फोटो, वीडियो, आर्टिकल्स, कमेंट्स, अपडेट्स की लिस्ट आदि को न्यूजफीड कहा जाता है। इसका उद्देश्य दोस्तो के मध्य एक दूसरे को अपडेट्स रखना होता है।

- **संवाद बॉक्स (Diolog box)** : कम्प्यूटर का डायलाग बॉक्स एक विण्डो होती है जिसके द्वारा कम्प्यूटर से मौन सम्वाद करते हैं। और दोनों एक दूसरे की मंशा से वाकिफ होते हैं। जैसे आप अपने प्रोग्राम से किसी फाइल को डिलीट करना चाहते हैं तो आप द्वारा की बोर्ड की डिलीट बटन को दबाते ही कम्प्यूटर की स्क्रीन पर एक डायलॉग बॉक्स खुलता है जिसमें कम्प्यूटर आप से एक प्रश्न पूछता है और उसके दो विकल्प देता है। जैसे डिलीट बटन दबाते ही एक प्रश्न आता है कि "क्या आप वाकई डिलीट करना चाहते हैं, हां या नहीं।" आपके द्वारा हां या नहीं में से कोई विकल्प चुनने के अनुसार कम्प्यूटर कार्यवाही करेगा।

- **यूनीफार्म रिसोर्स लोकेटर (URL)** : इंटरनेट पर उपलब्ध सामग्री तक पहुंचने के लिए जिस पते का उपयोग किया जाता है उसे URL कहा जाता है। इंटरनेट पर उपलब्ध ढेरों सामग्री और दस्तावेजों जै से वेबपेज, फाइल, इमेज, ध्वनि, संगीत, मल्टीमीडिया आदि तक बिना URL के नहीं पहुंचा जा सकता। उदाहरण के लिए यदि आप सूचना का अधिकार अधिनियम 2005 की हिन्दी भाषा में प्रति इंटरनेट से प्राप्त करना चाहते हैं तो इसके लिए आपका URL rti.gov.in/rti-acthindi pdf: होगा। इस पते से

आप इंटरनेट से जुड़े हुए किसी भी कम्प्यूटर से उपरोक्त दस्तावेज़ प्राप्त कर सकते हैं।

- **हाइपर टेक्सर ट्रान्सफर प्रोटोकॉल (http)** : चूंकि इंटरनेट से जुड़े हुए विभिन्न कम्प्यूटर अलग-अलग भाषाओं का उपयोग कर सकते हैं या अलग-अलग ऑपरेटिंग प्रणाली से ऑपरेट हो सकते हैं। अब यदि इन कम्प्यूटरों में आपस में संवाद कराना है तो कोई साझी भाषा अवश्य होनी चाहिए। जिसे सभी कम्प्यूटर समझते हों। इसी उद्देश्य से हाइपर टेक्स्ट ट्रान्सफर प्रोटोकॉल तकनीक को उपयोग में लाया जाता है। http इंटरनेट पर उपलब्ध वेब पेजों की जानकारी की अदला-बदली के लिए कुछ नियमों या मानकों का एक सेट है जिसे सभी कम्प्यूटर समझते हैं। यह नियम कम्प्यूटरों को बताते है कि सन्देशों को कैसे लिखा व भेजा जायेगा।
- **होमपेज (Home page)** : किसी भी वेबसाइट को खोलने पर जो पहला वेबपेज खुलता है उसे उस वेबसाइट का होम पेज, मुख्य पेज, प्रथम पेज या इण्डेक्स पेज कहते हैं।

3 अक्टूबर 2014 को नई दिल्ली में ऐमज़ॉन.कॉम के सी.ई.ओ. जैफ़ बेज़ोस (बाएँ) प्रधानमंत्री श्री नरेंद्र मोदी के साथ।

भारत स्फूर्तिवान है और मोदी मेरे आदर्श!

— जैफ़ बेज़ोस

मोदी-सरकार और उनकी कार्यशैली से मोहित विदेशी निवेशक भारत के साथ कारोबार करने में भरपूर दिलचस्पी दिखा रहे हैं। प्रधानमंत्री श्री नरेंद्र मोदी सितंबर 2014 के अंत में अपने अमेरिका-दौरे के दौरान कई विदेशी सी.ई.ओ. से मिले थे और उन्हें भारत में कारोबार करने का न्योता दिया था। उसके बाद भारत में भी कई विदेशी बिजनेस-हेड उनसे मिल चुके हैं और कई अन्य मिलने वाले हैं। इसी क्रम में

3 अक्तूबर 2014 को नई दिल्ली में विश्वविख्यात ई-कॉमर्स कंपनी ऐमज़ॉन.कॉम के चेयरमैन एवं सी.ई.ओ. जैफ़ बेज़ोस ने प्रधानमंत्री श्री नरेंद्र मोदी से मुलाकात कर देश में निवेश पर चर्चा की। देश में पहले से ही 200 करोड़ अमेरिकी डॉलर का निवेश कर चुकी ऐमज़ॉन इंटरनेट-शॉपिंग के मामले में दुनिया की सबसे बड़ी कंपनी है। हाल ही में बेज़ोस ने कहा था कि "ऐमज़ॉन भारत में डाटा-सेंटर स्थापित करने की तैयारी में है। हम हमेशा नए स्थानों की तलाश में रहते हैं। हमारे पास ऐमज़ॉन वेब-सर्विस है। हम नया डाटा-सेंटर बना रहे हैं और इसी संदर्भ में हम भारत की भी समीक्षा कर रहे हैं।"

ऐमज़ॉन के संस्थापक जैफ़ बेज़ोस ने भारत में ठीक त्योहार के मौसम में पदार्पण किया और एक छूट-युद्ध (डिस्काउंट वॉर) छेड़ दिया। पूरी दिल्ली में एक होर्डिंग-युद्ध छिड़ गया, जिसमें ग्राहक-आविष्ट ऐमज़ॉन ने 'किसी एक दिन' छूट देने की रणनीति अपना रहे ई-टेलिंग के घरेलू अवतारों को चुनौती दी गई थी कि "एक दिन का धमाका किसलिए, जब रोजाना सस्ती बिक्री हो सकती है?" प्रधानमंत्री श्री मोदी के साथ हुई मुलाकात से प्रफुल्लित बेज़ोस ने कहा कि "मैं उनसे मिलकर बहुत रोमांचित हूँ। वे एक अद्‍भुत वैश्विक प्रतिष्ठा रखते हैं और मैं पूर्णतः उनकी सेवा में हाज़िर हूँ।"

भारत के सफल और सस्ते मंगल-अभियान के प्रशंसक बेज़ोस, जो पाँच वर्ष की उम्र में नील आर्मस्ट्रांग को चाँद पर चलते देखने के समय से खुद भी अंतरिक्ष से अभिभूत हैं, ने कहा कि अगर उन्हें अनुमति मिली तो वे भारतीय अंतरिक्ष-वैज्ञानिकों के साथ सहयोग करना चाहेंगे। अपनी भारत-यात्रा से रोमांचित

बेज़ोस ने कहा, "मैंने भारत को अत्यंत स्फूर्तिवान पाया है। यहाँ के लोग बहुत कर्मठ और ओजस्वी हैं। वे खोजी और उद्यमशील हैं। यह बहुत मजेदार और रोमांचक है।"

एक हेज फंड मैनेजर बेज़ोस ने अपना 'ऐमज़ॉन (इस नाम की नदी के नाम पर आधारित) प्लान' (जिसका मूल नाम कैडब्रा.कॉम था, किंतु लोगों द्वारा उसका उच्चारण 'कैडेवर' (शव) करने के कारण बदल दिया) अधिकतर अपनी पत्नी द्वारा चलाई जाने वाली अपने पिता की कार में सफर करते हुए तैयार किया और 1994 में इंटरनेट की ताकत का भान करवाकर 60 में से 20 निवेशकों को अपने प्रोजेक्ट में 50-50 हज़ार डॉलर लगाने के लिए राजी कर लिया। राजी न होने वाले बाकी लोग उनकी भावी सफलता देखकर जरूर पछताए होंगे। "इंटरनेट के प्रयोग में तीव्र वृद्धि के बारे में जानकर" और "अमेरिकी उच्चतम न्यायालय के इस नए निर्णय के आने से कि ऑनलाइन रिटेलर्स को उन राज्यों में, जहाँ लोगों की भौतिक उपस्थिति कम होगी, बिक्री-कर एकत्र नहीं करना होगा", उन्होंने न्यूयॉर्क सिटी हेज फंड डी.ई. शॉ की अपनी अच्छी-भली, पैसे वाली नौकरी छोड़ दी और वाशिंगटन चले गए, जहाँ की अपेक्षाकृत कम जनसंख्या का मतलब था कि उनके भावी ग्राहकों को बिक्री-कर नहीं देना होगा। फिर तो इस विचार के जन्मदाता और उसके बाद अन्य अनेक माइक्रो मैनेजर पूरे बिजनेस-मुग़ल ही बन बैठे।

स्टार-ट्रैक से सम्मोहित होने के कारण सन् 2000 में अंतरिक्ष-यात्रा की रियायती सुविधा उपलब्ध कराने के लिए गोपनशील 'ब्लू ऑरिजिन' नामक कंपनी लॉन्च करने वाले और

नवंबर 2013 में 250 मिलियन डॉलर नकद देकर 'वाशिंगटन पोस्ट' नामक समाचारपत्र अधिगृहीत करने वाले बेज़ोस अपना समय अपने सभी उपक्रमों को समर्पित करते हैं और कहते हैं, "भौतिक रूप से संभव न हो तो मैं फोन पर उपलब्ध हूँ।"

भारत के प्रधानमंत्री श्री मोदी और अपनी भावी योजनाओं के बारे में जैफ़ बेज़ोस के विचार नीचे प्रस्तुत हैं –

- **भारत के प्रधानमंत्री श्री नरेंद्र मोदी के बारे में :** मैं उनसे मिलकर रोमांचित हूँ। वे मेरे आदर्श हैं। उनकी अद्‌भुत वैश्विक प्रतिष्ठा है। मैं पूर्णतः उनकी सेवा में हाज़िर हूँ।

- **भारत और अमेरिका के बीच बढ़ते संबंधों के बारे में :** हमारे (अमेरिका-भारत) संबंध पहले से ही काफी बड़े हैं। उदाहरण के लिए, ऐमज़ॉन को भारत में काम करते दस साल हो गए। हमने बेंगलुरु में एक सॉफ्टवेयर-विकास केंद्र की स्थापना से शुरुआत की थी। एक साल पहले हमने ऐमज़ॉन इंडिया लॉन्च की और एक साल के भीतर-भीतर इसने हमारी कल्पना से भी बढ़कर संवृद्धि (ग्रोथ) हासिल कर ली है। हम इसमें और निवेश कर रहे हैं, इसलिए और बहुत-कुछ होने जा रहा है।

- **जून 2013 में भारत में प्रवेश के बारे में :** मैं आश्वस्त हूँ कि हमारी टाइमिंग बिलकुल सही थी। जो परिणाम मैंने देखे हैं, उसके आधार पर मैं कह सकता हूँ कि भारत में हमारी टीम एक बड़ा काम कर रही है। यह हमारे द्वारा ऐमज़ॉन में किया गया अब तक का तीव्रतम भौगोलिक लॉन्च है।

- **घरेलू ई-कॉमर्स उद्यमों के साथ प्रतिस्पर्धा वाले मौजूदा बाजार के बारे में :** हम लघु और मध्यम (एस. एंड एम.) उद्यमों पर अत्यधिक निर्भर कर रहे हैं और हमारी टीम एस. एंड एम. व्यवसायों के उत्पाद ग्राहकों तक पहुँचाने और उनका समग्र ईको-सिस्टम पर आना सरल बनाने के लिए उनकी सहायतार्थ टूल्स निर्मित कर रहे हैं। हम मोबाइल ईको-सिस्टम का लाभ ले रहे हैं।
- **भविष्य में ई-कॉमर्स संचालित करने वाले मोबाइल्स के बारे में :** हम जो करने जा रहे हैं, उसका एक अंश मोबाइल-एप्लीकेशंस में निवेश जारी रखना है, ताकि लोगों के लिए अपने मोबाइल फोन से खरीद-फरोख्त करना आसान हो जाए। अनेक हाई-एंड मोबाइल फोन इसमें सक्षम हैं, पर लो-एंड मोबाइल फोनों के लिए और अधिक विशेष एप्स जरूरी हैं, इसलिए हम इस सब पर काम कर रहे हैं और मोबाइल डिवासेज पर निवेश कर रहे हैं।
- **निवेश का फोकस मोबाइल प्लेटफॉर्म्स पर होने के बारे में :** यह इसका एक बड़ा अंग है, पर निवेश का एक बड़ा हिस्सा नए केंद्रों की पूर्ति के लिए इन्फ्रास्ट्रक्चर, परिवहन और लॉजिस्टिक पर भी अवश्य खर्च होने जा रहा है।
- **भौतिक दुकानों, ई-कॉमर्स और दो वर्ष बाद की स्थिति के बारे में :** मैं समझता हूँ, इनका सह-अस्तित्व रहेगा। अनेक चीजें हैं जो आप ऑनलाइन कर सकते हैं और

भौतिक दुकानों में कभी नहीं कर सकते, पर साथ ही ऐसी चीजें भी हैं, जो आप भौतिक दुकानों में कर सकते हैं पर ऑनलाइन नहीं कर सकते। शायद गठबंधन ही आगे का रास्ता होगा। शायद समय के साथ एक नया संतुलन उभरे।

- **गोपनशील 'ब्लू ऑरिजिन' के बारे में :** 'ब्लू ऑरिजिन' एक बचपन का सपना था। जब मैं 5 वर्ष का था, तो मैं अंतरिक्ष और अंतरिक्ष-यात्रा के प्रति प्रेम से भरा था। अंतरिक्ष-यात्रा बहुत काम्य है, सिवाय इसके कि वह बहुत खर्चीली और खतरनाक है। ब्लू ऑरिजिन का दीर्घकालीन विज़न है कि लाखों लोग अंतरिक्ष में रहें और काम करें, और इसे संभव बनाने के लिए हमें उसे कम खर्चीली तथा सुरक्षित बनाने के लिए कदम-दर-कदम काम करना होगा। मैं कहना चाहता हूँ कि हम चीजों के बारे में तब बात करते हैं, जब हम उन्हें कर लेते हैं। यह बस एक व्यक्तिगत प्राथमिकता है...शायद। अनेक संपत्तियाँ हैं, जो एक-दूसरे को सपोर्ट करती हैं। मैंने इस बारे में सोचने में कुछ समय खर्च नहीं किया है...
- **भारत के मंगल-अभियान के बारे में :** मंगल-अभियान की सफलता पर मैं भारत में सबको बधाई देता हूँ। जितना अधिक आप अंतरिक्ष के संबंध में जानते हैं, उतना अधिक आप प्रभावित होते हैं, क्योंकि यह एक 'शॉकिंग' उपलब्धि है।
- **'वाशिंगटन पोस्ट' के अधिग्रहण के बारे में :** मैं 'वाशिंगटन

पोस्ट' के मालिक डॉन ग्रैहम का अच्छा दोस्त बन गया था। डॉन ने मुझे कन्विंस किया कि उनके पास समाचारपत्र-व्यवसाय को जानने वाला एक बहुत अच्छा कर्मचारी-दल है। उन्हें इंटरनेट और टेक्नोलॉजी को जानने वाला आदमी चाहिए था, और बस, इस तरह यह हो गया।

- **लोगों को उनकी सलाह :** मैंने हमेशा अपने पैशंस का अनुसरण किया। मेरी सबको यह गंभीर सलाह है कि अपने पैशन को पहचानें और उन्हें फॉलो करें।

जीवन-परिचय एवं चुने हुए चित्रों सहित

स्टीव जॉब्स

एक महान कर्मयोगी

एप्पल को चाहे प्यार करो, चाहे नहीं, लेकिन इतना तो मानना ही पड़ेगा कि स्टीव इंजीनियर ब्रेन और आर्टिस्ट आँखों वाले लाजवाब शख़्स थे।

विपुल विनोद

स्टीव के विचारों और प्रवर्तन ने टेक्नोलॉजी और उसके इस्तेमाल करने की पूरी दुनिया की सोच ही बदल दी। वे टेक्नोलॉजी को तराशते और आसान बना देते। उन्होंने बेहतरीन प्रोडक्ट बनाए, जिन्हें खरीदने के लिए लाइनें लग जातीं। स्टीव ने कम्प्यूटर को घर-घर पहुँचा दिया। उन्हें डिजिटल कारपेंटर कहा गया, जिन्होंने डिजाइन और क्राफ़्टमैनशिप पर कोई समझौता नहीं किया।

स्टीव जॉब्स वास्तव में इंजीनियरों के अगुआ और टेक्नोलॉजी-लीडर थे। वे बेहद जुनूनी थे और उन्होंने सारी दुनिया को अपने उत्पादों का दीवाना बना दिया। प्रस्तुत है उन्हीं महान कर्मयोगी की यह प्रेरक जीवन-कथा।